Finito di stampare nel mese di settembre 2022

I Edizione

Alessandro Grignaffini

BARABBA

(La variabile inesistente)

Ai miei nipoti

Leonardo e Sebastian

nati il 5 settembre 2022

PREFAZIONE

Questo scritto racconta la storia di Barabba, il personaggio la cui sorte nel Vangelo viene scambiata con quella di Gesù.

È una figura che trova riscontro solamente nei Vangeli canonici, anche se i quattro evangelisti ne danno una descrizione un po' diversa.

Secondo Matteo (27,16) era un prigioniero famoso, mentre il Vangelo di Giovanni (18,40) l'identifica in modo più semplicistico come un brigante.

Marco (15,7) e Luca (23,19) concordano sul fatto che fosse accusato di un omicidio avvenuto durante un tumulto insurrezionale, da qui l'interpretazione che appartenesse alla setta eversiva degli zeloti.

Indipendentemente da questo appare fuori discussione che Barabba, come scrive papa Benedetto XVI, sia una figura messianica.

Cosa significa figura messianica? Messianico per definizione vuol dire inviato da Dio.

Non c'è dubbio che nella storia terrena di Gesù detto il Cristo il ruolo di Barabba risulti in qualche modo provvidenziale.

Barabba serve al popolo romando per addossare la colpa dell'uccisione di Gesù agli ebrei, o meglio, a quella parte di essi sobillata dal Sinedrio. Non dobbiamo infatti dimenticare che una gran parte silenziosa del popolo era schierata con Gesù. Barabba è inoltre utile a Pilato per scaricarsi in parte della responsabilità della morte di Cristo; un tentativo di liberarsi la coscienza effettuato in extremis, ma destinato a fallire.

Barabba è essenziale al piano divino per confermare che l'unica scelta possibile era la morte sulla croce.

In questo senso Barabba appare come *l'alter ego* del Cristo, non a caso il suo nome significa "Figlio del Padre" definito in alcuni manoscritti del Vangelo di Matteo anche come Gesù - Barabba.

Si può quindi dire che la figura di questo personaggio è uno degli anelli di congiunzione tra la Storia e la Teologia, tra la vicenda terrena di Gesù e la sua origine divina: una delle figure che uniscono e saldano indissolubilmente il rapporto tra l'umanità e la divinità in un continuum storico temporale destinato all'eternità. La più importante di queste figure è Maria, ma ce ne sono tante altre devolute a portare a compimento il programma divino nella storia dell'uomo.

Di Barabba non si conosce niente al di fuori di quello che viene detto nei Vangeli canonici. Al di fuori del suo collegamento con la condanna a morte di Gesù, nulla si sa sulla sua esistenza prima e dopo tale evento.

Questo romanzo, ricostruisce e racconta, in una interpretazione di fantasia, la storia di Barabba prima e dopo che il Cristo venne crocefisso sul Golgota.

Alessandro Grignaffini

GERUSALEMME ANNO 786 AB URBE CONDITA-IDI DI MARZO (15-3)

Per le strade di Gerusalemme regnava un gran fermento. I romani cercavano uno zelota accusato della morte di un sadduceo appartenente a una facoltosa famiglia cittadina, colpevole di aver contravvenuto alla legge tramandata oralmente. I Sadducei non osservavano la tradizione orale, ma credevano e osservavano solo quella scritta. Zedechia un ricco e facoltoso membro di questa casta, esponeva pubblicamente la dottrina e le proprie convinzioni nei pressi dell'entrata del lato sud del tempio, quella principale. Un gruppo di giovani, per lo più appartenenti alla sua casta, erano soliti radunarsi per ascoltarlo e interloquire con lui.

Come era loro abitudine, gli zeloti si aggiravano in prossimità del Tempio nascondendo sotto il mantello un corto ma affilato pugnale, la sica, con cui aggredivano e giustiziavano gli avversari del loro integralismo religioso. Questo accadeva soprattutto nei giorni di festa quando era presente una grande quantità di gente.

Dopo aver colpito il malcapitato si separavano e si dileguavano disperdendosi fra la folla.

Gli zeloti non tolleravano i romani, oggetto del loro odio più feroce e tuttavia temuti, ma il loro fanatismo si manifestava anche nei confronti degli stessi ebrei loro connazionali che avevano opinioni diverse in materia di religione e di osservanza della Legge.

Un gruppo di tre di loro, Tobias, Barabba e Tola che avevano ascoltato e seguito Zedechia da diverso tempo, si erano convinti che la sua voce dovesse essere fatta tacere per sempre.

Lo avevano atteso nel giorno del martedì, quello dedicato alla predicazione dal sadduceo e uno di essi, estratto il pugnale, lo aveva colpito alla nuca, lasciandolo morto stecchito sul terreno, mentre una vistosa chiazza di sangue si allargava sul mantello.

Uno dei presenti, però, aveva riconosciuto Tola, per la bassa statura, la nera barba divisa in due corni e lo sguardo guizzante e spiritato.

D'accordo con gli altri discepoli di Zedechia era andato dall'autorità romana a denunciarlo.

I romani non erano certamente teneri né con gli ebrei, né tanto meno con gli zeloti considerati una sorta di terroristi. Avevano immediatamente preso le misure idonee per catturare gli assassini, affidandone il compito al centurione Lucio Paolo Emilio.

Le parole del governatore Pilato a proposito degli zeloti erano state chiarissime. Qualsiasi complotto di quella setta di assassini doveva essere stroncato sul nascere. In prossimità della Pasqua, la festa religiosa degli ebrei, lo scoppio di tumulti e di insurrezioni era da qualche anno diventato una regola.

Pilato, che temeva l'influenza nefasta del governatore della Siria e delle relazioni che periodicamente mandava a Roma all'attenzione dell'imperatore Tiberio, si era dimostrato inflessibile. Non si doveva dimostrare nessun tipo di tolleranza nei confronti di chi fomentava disordini e prima di tutto della setta eversiva degli Zeloti. Ogni zelota ucciso avrebbe comportato una falera sulla corazza del responsabile e un compenso in denaro.

Lucio Paolo Emilio, il centurione, che annoverava sul suo petto numerose falere con l'immagine del profilo del suo imperatore, era deciso a far rispettare l'ordine di Pilato con tutta l'autorità e l'esperienza che gli derivava dalle molte guerre combattute e dai molti nemici uccisi sul campo. Le molte cicatrici che marchiavano la sua pelle in varie parti del corpo ne erano una testimonianza diretta e indiscutibile.

Divise gli uomini sotto il suo comando in diversi drappelli e iniziò il rastrellamento della città secondo le indicazioni fornitigli dal delatore sadduceo.

La taverna dello Zoppo si trovava nell'estrema periferia di Gerusalemme, a ridosso della valle del

Cedron, un torrentello che scorreva incassato in una profonda gola. L'acqua era poca e maleodorante.

Quando i legionari si profilarono sulla stradina che portava alla taverna, l'allarme, si sparse di bocca in bocca fino ad arrivare fulmineamente all'interno del modesto locale, occupato, a quell'ora del mattino, solo da pochi avventori.

Tola che sedeva in un canto poco illuminato, masticando un pezzo di pane raffermo con del formaggio, fece un balzo sulla panca, si guardò intorno con uno sguardo spiritato, estrasse la sica da sotto il mantello, la consegnò al taverniere dicendogli di gettarla nel Cedron.

L'uomo che zoppicava vistosamente, trascinandosi dietro una gamba, la afferrò, tirò una tenda di canapa minuscola che copriva un pertugio della parete e la scagliò nella valle sul fondo della quale scorreva il corso d'acqua.

Passarono pochi secondi e il centurione Lucio Paolo Emilio, entrò nel locale con al seguito quattro soldati, mentre altri due restavano all'esterno.

Il suo sguardo inquisitore si posò sugli occupanti dei tavoli.

Alla sua destra sedevano due adulti e un ragazzo che dal puzzo che emanavano erano facilmente identificabili come dei pastori. Poco discosta da loro una donna, probabilmente una prostituta in cerca di clienti, teneva lo sguardo fisso verso il basso, apparentemente assorta a guardarsi le calzature.

Sulla sinistra due mercanti erano intenti a concludere un affare. Stavano segnando su delle tavolette che tenevano in mano l'entità delle somme oggetto di contrattazione. Si interruppero immediatamente alla vista dei romani.

In un cantuccio, in ombra, Tola simulava un apparente disinteresse, ma il suo cuore batteva all'impazzata.

Il romano girò lo sguardo attorno e lo fermò su Tola che sentì gelarsi il sangue.

«Ci sono zeloti qui dentro?» chiese il centurione rivolto a tutti e a nessuno in particolare.

Dopo un momento di silenzio che sembrava non finire più, rispose il taverniere: «No, mio signore, qui ci sono solamente cittadini normali che attendono alle loro faccende o vengono a mangiare un boccone e bere un po' di vino. Se lo gradite ve ne posso offrire.»

«Non sono venuto per bere, ma per arrestare un assassino.» rispose il romano, sedendosi di fianco alla donna, mentre due soldati bloccavano l'uscita e altri due si portavano vicino al loro comandante.

Fece un gesto imperioso nei confronti del taverniere che si avvicinò claudicando.

«Siediti!» gli ordinò il romano.

L'uomo ubbidì mettendosi al lato destro del centurione che così risultava interposto fra lui e la donna.

«Conosci degli zeloti?» gli chiese il romano.

L'uomo finse di concentrarsi e di scavare nella memoria, poi rispose: «Conosco Simone, il Cananeo. Era uno dei personaggi più in vista di questa setta e qualche volta, ricordo, ha frequentato anche la mia taverna. Adesso è un po' che non lo vedo. Mi hanno detto che non sta più a Gerusalemme e che si è unito ai seguaci di quel profeta itinerante di cui non ricordo il nome.»

«Ma qui in questo locale, vedi zeloti?» lo incalzò il centurione.

«Non saprei» rispose quello divenuto molto più cauto nel pronunciare le parole. «D'altra parte comandante, non è che gli zeloti abbiano scritto in fronte la loro appartenenza. L'unico zelota, di cui io fossi a conoscenza che sia entrato qui dentro, è quello di cui ti ho parlato prima.»

«Non è quello che mi hanno detto sciancato.» rispose il centurione con durezza «Zoppo sei nella figura, ma forse anche la memoria tua vacilla. Mi è stato riferito che questa taverna è un covo di zeloti e che qui avrei trovato gli assassini del sadduceo. Ora, ti farò di nuovo la domanda che non ripeterò più. Fai bene attenzione a come rispondi, perché questa è la tua ultima occasione per non mentire, non te ne darò un'altra.»

L'uomo aveva preso a sudare copiosamente. La fama di questo nuovo centurione, Lucio Paolo Emilio, da poco giunto da Gerico, si era sparsa in città. La sua durezza e l'inflessibilità verso i nemici di Roma, l'intolleranza nei confronti delle menzogne, la severità delle punizioni, erano divenute note ancor prima del suo arrivo effettivo.

Nel carcere presso la torre Antonia, l'aguzzino, chiamato Tenaglia, per l'abitudine di strappare le falangi delle dita con tenaglie arroventate ai malcapitati interrogati, si era messo agli ordini del nuovo centurione.

Il taverniere che già si immaginava come avesse potuto continuare a servire i clienti senza l'uso delle dita, emise un lungo gemito, alzò lo sguardo segnando l'uomo che, seduto nell'angolo, aveva cessato di mangiare e seguiva con grande interesse il dialogo che si stava svolgendo fra i due.

Vistosi scoperto, Tola emise un ululato animalesco e fece un gran balzo nel tentativo di guadagnare l'uscita, ma uno dei soldati che stava di guardia sulla soglia gli sferrò un colpo con la parte smussa della lancia che lo mandò a ruzzolare sul pavimento al centro della stanza.

Sotto l'occhio vigile del centurione i soldati lo afferrarono per le braccia e le gambe e lo immobilizzarono.

«Legatelo e portatelo alla torre Antonia.» ordinò, poi volgendosi verso lo zoppo che si teneva la testa fra le mani «Hai fatto la scelta giusta, sciancato. Adesso puoi darmi una tazza di quel vinaccio che servi in questa taverna. Attento, però, che sia il migliore che hai, perché altrimenti potrei pentirmi della mia magnanimità. Sei d'accordo donna? Vuoi bere un po' di vino con me?» aggiunse poi rivolto alla prostituta.

Questa si strinse nelle spalle e rispose a bassa voce: «Certo che sì. Non mi importa da dove vengano gli uomini e a quale dio mostrino devozione. Ci sono ebrei buoni e cattivi, come anche ci sono romani buoni e cattivi. La mia amica

Sarah, più giovane di me, era molto affezionata a un romano che come te, era una persona importante, un centurione, si chiamava Marco Vinicio. Lo considerava un amico e dava grande valore a ciò che lui diceva. Io l'ho conosciuto in un'occasione sola, prima che venisse trasferito in un altro paese e sinceramente invidiavo Sarah per questa sua frequentazione.»

Il centurione, rimase, per un attimo in silenzio, poi allungò il calice di vino alla donna e disse: «Abbiamo un motivo in più per levare il calice. Beviamo in onore del mio amico Marco Vinicio, un soldato coraggioso, un valoroso che si è coperto di gloria in tutti gli scontri cui ha partecipato. Sono contento che ci sia qualcuno che lo ricordi.»

Lungo la strada che portava alla torre Antonia, Tola imprigionato fra i soldati cercò di farsi rilasciare, promettendo al centurione di rivelargli i nomi dei complici se lo avesse liberato. Giurò di non essere il responsabile della morte del sadduceo. Più si avvicinava alla sede dove sarebbe stato carcerato, più l'uomo diventava collaborante, disposto a dire tutto quello che sapeva e anche di più.

Il centurione, che lo guardava con disprezzo, ad un certo punto gli rifilò un colpo sulla testa con la vinea, dicendosi convinto che comunque lui avrebbe parlato lo stesso quando Tenaglia gli si fosse avvicinato coi sui strumenti arroventati. L'unica promessa che poteva fargli era che, una volta giunti al carcere, si sarebbe potuto evitare la tortura se avesse reso una confessione piena e convincente elencando il nome dei complici e dove poterli trovare. Più di questo non era disposto a concedergli.

Dopo che lo zelota venne imprigionato nel carcere sottostante la torre, Lucio Paolo Emilio raccolse le sue dichiarazioni.

Tola raccontò che i suoi complici nell'uccisione erano stati Barabba e Tobia. Avevano programmato di uccidere Zedechia, perché questi a loro dire, professava una falsa dottrina, facendo opera di proselitismo fra i giovani che frequentavano il Tempio. Lui Tola si proclamava innocente, addirittura contrario a quell'assassinio che era stato effettuato in prima persona da Barabba, il capo del loro gruppo, uno zelota autoritario e intransigente che non si fermava davanti a nulla.

Barabba lo aveva colto di sorpresa andandogli alle spalle, mentre stava spiegando la legge scritta, colpendolo alla nuca e lasciandolo morto davanti a una delle porte del tempio. Poi erano fuggiti dividendosi per far meglio perdere le proprie tracce.

Tola parlava a ruota libera mescolando verità a fantasie pur di compiacere l'interlocutore ed evitarsi la tortura.

Non sapeva dove si trovasse Barabba, ma rivelò il luogo dove erano soliti nascondersi gli zeloti in occasione dei rastrellamenti da parte dei romani.

A sud della città si trovava la stretta valle di Hinnom, dove, una volta, si erano svolti i sacrifici umani in onore del dio Moloch. Vi venivano scaricati i rifiuti e le carcasse degli animali soprattutto di quelli immolati nella festività pasquale. Giorno e notte vi ardevano dei fuochi, i cui fumi ammorbavano l'aria. Nella parte alta della valle in posizione un po' più riparata dal lezzo che vi emanava, una serie di grotte ospitava alcuni ricercati che vi trovavano rifugio, approfittando della presenza di una piccola comunità di lebbrosi che fungeva da deterrente nei confronti dei soldati. Tutti evitavano di transitare sul sentiero che a mezza costa del monte Sion, portava alle grotte. Il timore del contagio e la ripugnanza che i lebbrosi ispiravano tenevano lontano anche i legionari di Roma.

Lucio Paolo Emilio organizzò un drappello di soldati con in testa gli arcieri. L'ordine per loro era quello di trafiggere qualsiasi lebbroso si fosse avvicinato a meno di dieci passi.

Tola li aveva avvertiti che, alle prime luci del mattino, gli zeloti rifugiati, erano soliti uscire dalle grotte e avvicinarsi alla città in cerca di cibo e di acqua.

Il centurione ordinò ai soldati di togliersi tutti gli arnesi di metallo, compresi gli elmi e le borchie sulle corazze perché non fossero visibili da lontano nel sole che stava sorgendo.

Appostò i suoi uomini fra le rocce in un punto in cui era possibile dominare il sentiero senza essere visti, là dove questo curvava bruscamente prima di iniziare la salita verso le grotte. Più in basso si sentiva il debole suono dei campanelli alle caviglie della comunità lebbrosa, non visibile da quel punto, che si teneva a prudente distanza da quel gruppo di uomini armati di archi, lance e spade.

Il sole era già al di sopra dell'orizzonte, ma la valle rimaneva in ombra quando Curzio avvistò i due zeloti che scendevano lungo il sentiero.

A un cenno del centurione gli uomini si appostarono. La curva del sentiero rappresentava il punto più basso dello stesso. Dopo di quello, infatti l'erta riprendeva a salire verso la città.

Curzio, il decurione, piombò alle spalle dei due intimando loro di fermarsi, mentre gli altri si ergevano fra le rocce sbarrando ogni possibile via di fuga. Mentre Tobia cercava di gettarsi nella scarpata aggrappandosi a un arbusto, che cresceva stentatamente sul ciglio, uno degli arcieri gli scoccò una freccia che gli trapassò il collo. Un fiotto di sangue sgorgò dalla gola dello zelota macchiando le rocce sottostanti, mentre il corpo precipitava nella scarpata in modo scomposto. Barabba, immediatamente alzò le braccia in segno di resa e venne circondato dai legionari che lo legarono con una robusta corda.

Il centurione si spostò sul ciglio del sentiero osservando il corpo che giaceva incastrato fra due rocce e scrollando la testa disse: «Questo è andato, non faremo neppure la fatica di recuperarlo. Tu, però Decimo, che sei il più giovane e il più agile, calati nella scarpata, raggiungi il corpo, tagliali la testa e mettila su una picca. La esporremo quando entreremo in città. Tutti devono vedere il rispetto dovuto alle leggi di Roma e la fine che fanno coloro che si oppongono agli ordini del prefetto Pilato.»

Il sole era sorto e le mura della città e la grande porta a sud, erano in piena luce quando il macabro corteo si avvicinò all'ingresso di

Gerusalemme. I raggi del sole colpivano la folta, nera capigliatura issata sulla lancia e gli occhi vacui di Tobia rimiravano senza vederle le possenti strutture della città murata.

Un gruppo di mercanti che si erano ammassati, con tutte le loro mercanzie al seguito, in prossimità dell'entrata, si aprì immediatamente a concedere un varco ai legionari che strattonavano Barabba, al cui collo pendeva un cartello con la scritta "sicarius".

LA PRIGIONE

Barabba sdraiato sul lurido giaciglio della prigione sita alla base della fortezza Antonia, dormiva sognando.

L'oggetto della sua fantasia onirica in quel momento era il mito di Cronos il Titano che i Greci credevano figlio di Gea e Urano. Crono era il Titano più giovane e Gea per sottrarlo al padre che sprofondava i figli nel Tartaro, gli consegnò una falce con cui Crono evirò il padre prendendone il posto. Il titano allora signore del mondo e personificazione del Tempo sposò Rhea. Reso edotto da una profezia che sarebbe stato a sua volta spodestato da uno dei figli, puntualmente li divorava alla nascita. Ma Rhea dopo aver partorito su un'isola lontana Zeus, l'ultimogenito, gli diede da divorare una pietra rivestita da fasce, che Il Titano, nella sua matta bestialità, ingoiò senza accorgersi dell'inganno. Confusamente, ma vividamente, Barabba sognava questa storia che aveva sentito raccontare e che sempre lo aveva affascinato. Si sentiva attratto dalle figure che impersonavano lo spazio, il tempo, il cosmo, riducendole ad entità a misura d'uomo.

Uno sferragliare di chiavistelli, proveniente dall'interno del carcere, svegliò lo zelota che, stropicciandosi gli occhi, continuò a riflettere sul tempo innestando pensieri nuovi sulle fantasie del sogno che andavano svanendo.

Si sorprese a pensare che effettivamente Il tempo pareva veramente ingoiare tutte le cose animate e inanimate. Ma cos'era il tempo? Si poteva forse toccare, come si può toccare un sasso? Si poteva misurare come si misura un campo? Il tempo altro non gli sembrava che una serie infinita di cambiamenti che la mente in parte era in grado di percepire, di ricordare e di memorizzare. Era forse solo un prodotto della memoria individuale e collettiva che immagazzinava il divenire continuo della materia, la metamorfosi cui vanno incontro sia i soggetti viventi che quelli inanimati? Di questa universale metamorfosi che la mente percepisce e poi ricorda, in alcuni frammentati e limitati aspetti, vive il Tempo. Un' entità che pare ingoiare tutto nella non esistenza che lo caratterizza. Cronos ingoiava i suoi figli, così come il tempo divora e consuma l'umanità. Zeus, però, si era sottratto alla voracità del padre, ponendosi al di fuori del tempo, e regnando sulla sua corte celeste e sul creato per l'eternità. Era questa la verità nascosta nel mito?

Immerso in questi pensieri, mise la testa contro lo spioncino che dava sul corridoio, per vedere cosa fosse all'origine di quel trambusto. Vide il carceriere Tenaglia con al seguito un legionario, che spingevano davanti a sé Tola, il piccolo zelota che lo aveva tradito consegnandolo ai romani.

«Sporco vigliacco e spergiuro!» gli gridò vedendolo passare. «Se uscirai da questa prigione sarai un uomo morto!»

Poi contento, come se avesse ottemperato a un suo dovere, tornò a sedersi sul suo giaciglio

Tola gli rivolse uno sguardo fuggitivo mentre la guardia lo spingeva su per le scale, ma non rispose, preferendo restare in silenzio.

Venne portato nella piazza quadrata, una specie di ampio cavedio all'interno della fortezza completamente circondata da alte mura.

Al suo centro, assiso su uno scranno, Lucio Paolo Emilio, amministrava la giustizia nei confronti di coloro che si erano macchiati di reati così detti minori. I reati maggiori contemplanti la morte o altre pene importanti che comunque nelle provincie difficilmente avevano seguito, erano giudicati dal procuratore Pilato, la cui venuta a Gerusalemme si annunciava prossima. In quel momento Pilato risiedeva ancora a Cesarea.

Un ceppo ligneo sorgeva in mezzo alla piazza, proprio di fronte al centurione. Il carceriere che fungeva in quell'occasione da pubblico accusatore, con voce stentorea proclamò che lo zelota, di nome Tola, era accusato di sedizione e complicità in assassinio.

Il centurione si alzò e confermando le accuse, annunciò che, in considerazione della collaborazione offerta alle autorità romane, veniva risparmiata la vita allo zelota che avrebbe ricevuto per punizione 20 frustate.

Mentre Tola supplicava e piangeva, Tenaglia, divenuto per l'occasione anche l'esecutore materiale della pena, lo fece legare al ceppo, denudare e iniziò a percuoterlo con una frusta fatta da corregge di cuoio alla cui estremità erano legate delle minuscole palline di piombo.

Il carceriere, dotato di un fisico robusto, ma con una postura alterata della colonna vertebrale a causa di ferite ricevute in battaglia che lo facevano sembrare una sorta di ulivo incurvato su sé stesso, si mise a picchiare con gusto. Una sorta di perfido ghigno generato dal piacere di infliggere quella sofferenza gli deformava il volto, mentre quello di Tola era stravolto da una maschera di dolore.

Alla decima frustata, lo zelota svenne e il centurione alzò la mano sospendendo la punizione, rendendosi conto che la sua prosecuzione avrebbe comportato la morte del soggetto.

«Può bastare» sentenziò, mentre Tenaglia si ritirava in buon ordine.

«Mettete un linimento sulle ferite, ricopritelo e portatelo fuori dalla fortezza.» ordinò ai soldati che stavano a guardare. «Se sarà fortunato e avrà un po' di aiuto sopravviverà.»

Bevve un sorso di vino da un calice posto sul un banchetto a lato dello scranno, si asciugò la bocca col dorso del robusto avambraccio, afferrò la vinea, il segno del comando e rientrò nella guarnigione.

Barabba che dalla sua cella aveva udito le urla del disgraziato sottoposto alla fustigazione, cui era seguito il silenzio, si chiese se fosse ancora vivo.

Benché non nutrisse fiducia nelle risposte del carceriere, che riteneva spietato e crudele al punto di provare piacere nella sofferenza inflitta ad altri, vedendolo transitare nel corridoio malamente illuminato, gli chiese notizie di Tola.

«Quel porco se l'è cavata con poco.» gli rispose quel brutto ceffo «Il centurione ha il cuore tenero e aveva timore che tirasse le cuoia. Se fosse dipeso da me non mi sarei certo fermato. Lo avrei scorticato vivo. Poi avrei appeso la sua pelle alla porta della città, vicino alla testa di quell'altro maiale del tuo compare. Questo è l'unico linguaggio che voi maledetti zeloti siate in grado di comprendere. Ma a te andrà sicuramente peggio. Verrai sicuramente crocifisso; sentirai che godimento quando ti pianteranno i chiodi nella carne. Spero di essere presente, magari toccherà proprio a me infiggerteli a suon di martellate. Hai solo da attendere l'arrivo del prefetto da qui a pochi giorni, poi a Pasqua farai la fine che meriti!» Con una lugubre sghignazzata, dopo una tale professione di umanità, si allontanò tirandosi dietro la sua sgraziata figura.

Apparentemente indifferente alle minacce profferite dal carceriere, Barabba tornò a sdraiarsi sotto la finestrella che portava un po' di luce e di aria in quella cella angusta e puzzolente. Vi rimase, assorto nei suoi pensieri, fino a quando venne il momento di mangiare.

Attraverso lo spioncino gli fu allungata una ciotola dove, in una zuppa di legumi rinsecchiti, nuotavano pezzi di pane raffermo. Una bacinella, piena di acqua gli doveva bastare fino al giorno dopo.

"speriamo che la cena sia un po' più sostanziosa" pensò Barabba, ricordando che il pasto principale dei romani era quello della sera, "d'altra parte se dimagrisco, faranno meno fatica a issarmi sulla croce. Non hanno nessun interesse a ingrassarmi..."

Chiuso lì dentro senza nulla da fare e da vedere si annoiava moltissimo. Sfruttando la sua altezza, ben superiore alla media, pensò che forse avrebbe potuto dare un'occhiata all'esterno, spostando il giaciglio proprio sotto la finestra. In effetti, in piedi sopra il letto, riusciva a guardare l'ampio cortile quadrangolare all'interno della fortezza Antonia. Vedeva soprattutto i piedi e le calzature dei passanti. Quelle più rappresentate erano le *caligae* che indossavano i legionari, calzature con suole di spesso cuoio e alla base robusti chiodi per impedirne l'usura. Ogni tanto tuttavia passavano anche rivestimenti più leggeri rappresentati da sandali o da scarpe in pelle con o prive di pelo. Per passare il tempo, si divertiva a pensare a quale categoria di persone appartenessero. Nel primo pomeriggio quando il sole ancora era alto e il caldo si era fatto fastidioso, vide, nella parte più lontana del cortile visibile dal suo punto di osservazione nella quasi totalità, soldati intenti a sistemare dei bersagli. Passò un po' di tempo e una decina di arcieri iniziarono a esercitarsi scagliando le frecce contro bersagli di paglia intrecciata. Barabba li riconobbe quasi immediatamente, si trattava dei siriani noti per la maestria con questo tipo di armi. Facevano parte delle truppe ausiliarie al seguito dei romani. Stette per un po' di tempo a guardare l'esercitazione degli arcieri, poi abbandonò la sua postazione, sistemandosi sul giaciglio, immerso in pensieri, occupati nella totalità, dal futuro della sua sorte.

La pozza di luce all'interno della minuscola cella era già scomparsa da tempo, quando arrivò l'ora della cena.

La solita brodaglia indefinita in cui nuotavano gambi vegetali, pezzi di pane raffermo e qualche scaglia di formaggio, non riuscì a risollevare il suo umore.

Quando fu il tempo di dormire, durante la procedura di spegnimento delle fiaccole che ardevano nel corridoio, Tenaglia si avvicinò allo spioncino della sua cellula e gli fece cenno di avvicinarsi.

«Domani ci saranno visite per te. Due furfanti della tua risma, credo, hanno chiesto di parlarti. Il centurione ha dato l'assenso, per cui in tarda mattinata si affacceranno alla finestrella che dà sul cortile e ti parleranno attraverso le sbarre. Vedi di comportarti bene e di non fare delle sciocchezze. Ti terrò d'occhio e se ti farai dare un'arma, stai sicuro che non arriverai alla croce.»

«Chi sono questi?» rispose Barabba «Cosa vogliono da me?»

«Che vuoi che ne sappia, cane di un giudeo, devo solo eseguire gli ordini del centurione. Con quello non si scherza, non si discute e certamente non si possono chiedere spiegazioni!»

Erano circa le dieci del mattino quando Barabba si sentì chiamare dalla finestrella che dava sulla piazza.

Montò sul giaciglio di paglia e si affacciò. Due facce sconosciute comparvero nel suo campo visivo.

Il più vecchio dei due si presentò come tale Zemotelo, amico di Giuda e Sadduk due fratelli zeloti evasi dalla prigione di Gerico pochi giorni prima. Questi fratelli, devoti alla causa, avevano intenzione di scatenare un tumulto in

Gerusalemme e con l'aiuto di una guardia corrotta di liberare Barabba. Non conoscevano, però, un rifugio sicuro in cui potere andare mentre preparavano il piano e anche dopo, a liberazione avvenuta. Chiedevano a Barabba di indicare un posto dove potessero stare fino a che non fosse giunto il momento. Zemotelo, per ingraziarselo gli aveva portato da mangiare, roba buona e, a richiesta di Barabba di avere un'arma, gli diede una punta di lancia nascosta dentro una calzatura e alcune monete. L'uomo che lo accompagnava annuiva a tutto quello che il compagno diceva, ma non proferiva parola. Quando il prigioniero gli chiese chi fosse, semplicemente affermò di chiamarsi Luscino.

Barabba non credeva a quello che i due gli avevano raccontato, ma neppure capiva quale fosse il loro piano. Aveva sentito parlare di questi due fratelli zeloti, feroci e sanguinari che non esitavano a uccidere, ma non li conosceva di persona. Decise che collaborare con i due intermediari non gli sarebbe costato nulla e indicò come rifugio a Zemotelo il campo degli asini che si trovava in una località adiacente,ma in posizione diversa a quella in cui lui e Tobia erano stati catturati. Da quella zona, in effetti, la sorveglianza delle vie di ingresso risultava più agevole. L'unico problema era la vicinanza con la comunità dei lebbrosi, ma a lui questo non importava nulla.

Gli parve che i due se ne andassero piuttosto soddisfatti. Prima di rimettersi nella sua postazione, incastrò la punta della lancia tra due pietre sconnesse ai piedi delle sbarre della finestrella, occultandola completamente. Assieme ad essa mise anche le monete che avrebbero potuto essergli utili in futuro. Con quel cane di carceriere le precauzioni non erano mai troppe.

La sua prudenza difatti venne premiata, perché, non appena i due se ne furono andati, Tenaglia con al seguito due legionari, piombò nella cella per accertarsi che Barabba non nascondesse un'arma.

Non avendo trovato nulla, se ne andò compiaciuto preannunciando l'arrivo imminente del prefetto Pilato, che avrebbe comportato la fine di Barabba appeso ad una croce.

Quella notte c'era luna piena e la piazza quadrata completamente vuota era immersa in una fredda luce argentata che faceva luccicare le pietre levigate della pavimentazione. Anche la cella di Barabba era investita da quel chiarore diffuso che filtrava attraverso la finestrella superiore.

Lo zelota, che non riusciva a prendere sonno, ricuperò la punta della lancia, e, scostato il giaciglio, si mise a incidere il proprio nome.

"Forse ai posteri rimarrà la testimonianza della mia permanenza in questo luogo" pensava compiaciuto.

Il tempo non passava mai nella cella angusta e maleodorante. Si era stancato anche di guardare fuori dalla finestra, operazione che riusciva solamente a lui che aveva un'altezza superiore agli altri carcerati.

Durante il giorno lungo il corridoio c'era un discreto traffico di detenuti accompagnati da guardie e da Tenaglia. Gente che entrava in prigione e gente che ne usciva. La maggior parte di quelli che lasciavano il carcere, passava per il cortile dove scontava una punizione corporale rappresentata da un certo numero di frustate a seconda del reato commesso.

Barabba che non aveva mai nutrito speranze nelle promesse fattegli dai due sicofanti, era venuto a sapere da alcuni nuovi ingressi che i due zeloti Giuda e Sadduk erano stati uccisi dai romani e i loro corpi erano stati esposti ancora trafitti dalle frecce, davanti ai giardini reali presso il palazzo di Qajapas. Al collo i legionari gli avevano appeso i *tituli* con i loro nomi e le motivazioni della morte: "Questa è la fine dei nemici di Roma e del Popolo Ebraico".

Si sentiva solo e da un po' di tempo soffriva la mancanza di compagnia soprattutto femminile. Decise che era giunto il momento di spendere i sicli che gli avevano portato i due sicofanti.

Chiamò a gran voce il carceriere e gli confidò questo suo desiderio. Disse che era disposto a pagare se gli avesse procurato una puttana.

Tenaglia lo guardò con diffidenza, pensando si trattasse di una bugia. Aveva perquisito la cella e non aveva trovato neppure un siclo.

«Se ti procuro una donna, dovrai pagarla e dovrai pagare anche me. Come lo farai, dal momento che non possiedi nulla?» lo interrogò col cipiglio più truce che riuscisse a fare.

«Questo è affare mio» gli rispose Barabba «portamene una e che non sia una vecchia sdentata e quando sarà qui dentro, vi pagherò tutti e due.» L'avidità ebbe la meglio sulla diffidenza e il carceriere promise che quella sera dopo che si fosse fatto buio, avrebbe introdotto una puttana nella prigione.

«Prima di giacere con lei, però, dovrai pagarci entrambi e bene, altrimenti te la porterò via e lo potrai infilare fra quei due mattoni, ammesso che tu ne abbia ancora voglia dopo aver assaggiato il mio bastone!» lo minacciò prima di andarsene.

Sentì lo sferragliare del mazzo di chiavi che precedeva sempre la sgraziata figura del carceriere, quando ormai la fortezza Antonia era completamente immersa nelle tenebre.

Il viso contorto di Tenaglia comparve, al chiarore delle fiaccole, dietro a quello di una donna avvolta in un ampio mantello che le copriva anche il capo da cui sfuggivano ciocche nere di capelli. Era leggermente più bassa del carceriere la cui statura era piuttosto modesta. Gli occhi scuri e vivaci guizzavano sotto il copricapo in modo malizioso.

«Quanti anni hai?» chiese Barabba.

«Diciotto» mentì la donna che ne aveva dieci di più, ma che usava questi mezzi per tirare sul prezzo.

«Prima devo avere i soldi. Sono giovane e soda e costo cara.»

«Ti darò un siclo.» rispose Barabba «mi sembra un prezzo equo.»

«Troppo poco.» rispose quella «Me ne devi dare almeno due e uno per il carceriere.»

Tenaglia, di fianco, che stava ad ascoltare, le passò una mano sulle mammelle e strizzandogliele con brutalità confermò: «È roba buona di prima qualità, te lo posso assicurare, la conosco bene» continuò abbandonandosi a una sghignazzata che stava a segnalare la sua consuetudine con la donna.

«Va bene» rispose lo zelota «ma quando abbiamo finito devi restare qui un poco con me che devo chiederti alcune cose.»

Concluso il contratto fece scivolare tre monete nella mano della ragazza attraverso le sbarre e Tenaglia aprì la porta facendola entrare e accompagnando il gesto con queste parole: «Figlio di un cane, dove le tenevi nascoste? Mi piacerebbe saperlo. Ne hai delle altre?»

Mentre la porta si richiudeva Barabba rispose: «Lo saprai se avrò ancora bisogno di te e se questa donna mi soddisferà.»

«Tu sai chi sono io, come mi chiamo?» chiese alla donna appena furono soli.

«Certo, tu sei Barabba lo zelota assassino, Tenaglia me lo ha detto.»

«Non hai paura di me?»

«No, sono abituata a intrattenere rapporti con persone della tua risma. Se devo essere sincera, ti trovo anche attraente. Sei molto alto, con questa carnagione chiara e un fisico proporzionato. Ma dimmi, siamo qui per parlare o per chiavare?»

«Tutte e due le cose, donna. Non hai deposto, a quanto vedo, l'alterigia e l'altra caratteristica che contraddistingue la tua categoria.»

«E sarebbe...?»

«La fretta.»

«Va bene. Ho capito. Sei uno cui piace parlare, ma tieni presente che dopo di te c'è quell'altro che vuole anche lui la sua parte. Pensi che si accontenti di intascare una sola moneta? Comunque adesso io sono pronta, se ne avrai ancora voglia parleremo dopo.»

Esther aveva delle carni tenere, un seno ampio e voluminoso e una pelle liscia e levigata. Barabba non tardò a raggiungere il piacere; perso fra le sue braccia occorsero solo pochi minuti.

«Sei durato poco uomo, eri tanto che non stavi con una donna?» gli chiese Esther mentre si sistemava la tunica.

«Si è stato breve, ma intenso. Ho speso bene i miei soldi. Adesso però ti devo fare alcune domande come ti avevo anticipato.»

«Ti ascolto.»

«Io stando qui in questo carcere ho perso un po' la nozione del tempo. Vorrei sapere quanto manca alla Parasceve e se il prefetto Pilato è già giunto in città.»

«Siamo al 12 di Nisan» rispose Esther «per cui la Parasceve si celebrerà fra tre giorni. Per quanto riguarda l'arrivo del prefetto, ho sentito dire che, forse sarà qui domani. Capisco perché mi fai questa domanda. Il carceriere mi ha detto che sarà il prefetto a giudicarti e che finirai con l'essere crocefisso. Mi dispiace non mi sembri così malvagio come raccontano, ma io sono solo una semplice prostituta che non conosce altro modo per sopravvivere che vendere il proprio corpo.»

«Io credo che tu abbia partorito Esther. Hai un figlio?»

La donna lo rimirò attentamente al debole chiarore delle fiaccole del corridoio che il carceriere non aveva ancora spento, poi rispose: «Sei un attento osservatore, uomo e un profondo conoscitore delle donne. Si ho partorito una bambina che adesso ha cinque anni e sono sola, perché mio marito mi ha ripudiato. Uno dei motivi del ripudio è stata la nascita di una figlia femmina. Mio marito era solito ringraziare Dio ogni giorno in modo solenne per non averlo fatto nascere, pagano, femmina e contadino. Adesso è morto, ucciso dai romani mentre fuggiva, inseguito dai legionari a seguito di una denuncia sporta da un pubblicano per non aver versato le gabelle. Ringrazio Dio e i romani di aver liberato la Giudea dalla sua presenza. Ma ti sto annoiando con la mia storia. Tu hai ben altro cui pensare in questo momento che alle mie vicende personali.»

Ciò detto chiamò a gran voce il carceriere che venisse ad aprire la porta.

Mentre il carceriere stava arrivando preceduto dal solito rumore di ferraglia, Barabba la afferrò per un braccio e disse: «Ancora una cosa Esther, hai sentito parlare di Gesù e mi sai dire se si trova qui a Gerusalemme?»

«Ti riferisci a quel profeta itinerante che fa parte della comunità degli Esseni? Se parli di lui, ho sentito dire che è qui in città con un folto gruppo di seguaci fra cui ci sono anche delle donne. Incredibile, ma pare che sia proprio vero, ha delle donne al suo seguito, forse anche delle prostitute come me. Il Sinedrio lo teme molto, lo odia e sta fomentando la pubblica opinione contro di lui. Più di questo non ti so dire.» continuò, mentre Tenaglia, presala per un braccio, la tirava fuori dalla cella.

PARASCEVE

Anche Barabba nella sua prigione si accorse dell'arrivo di Pilato. Lo sferragliare dei carri, il ritmo cadenzato della marcia dei legionari e l'agitazione che regnava all'interno della fortezza Antonia per l'arrivo del prefetto, ne furono segnali inequivocabili.

«Si avvicina la tua ora, giudeo!» gli notificò Tenaglia passando davanti alla sua cella. «Fra due giorni non sarai più qui fra di noi. Se hai ancora delle monete e vuoi che ti porti Esther, non hai che da dirmelo, ma questa volta il prezzo sarà più alto. I morti non si portano dietro nulla ricordalo!»

«Non vendere la pelle dell'orso prima di averlo ucciso!» gli rispose Barabba.

«Da dove ti viene questa saggezza?» replicò il carceriere.

«Sta scritto in una favola di uno scrittore greco, un certo Esopo, che certo la tua ignoranza non ti permette di conoscere.»

«Attento a come parli giudeo! Invece di farti provare Esther, ti faccio provare il mio bastone. Ho cose più importanti da fare che di occuparmi di uno che è già mezzo morto. Dopodomani il prefetto terrà udienza e amministrerà la giustizia. Allora ci sarà da divertirsi. Ho già avuto modo di ascoltare Pilato e ti posso dire che è ancora più duro del centurione con i criminali e soprattutto con gli zeloti.»

In quel momento la porta del carcere si spalancò e fece ingresso il centurione che era appena stato chiamato in causa.

«Carceriere!» tuonò dalla soglia «Prepara i prigionieri, metti loro le catene e cerca il difensore. Questo pomeriggio il prefetto Pilato amministrerà la giustizia nel cortile della fortezza.»

«Sarà fatto, comandante» rispose Tenaglia genuflettendosi e, rivolto al prigioniero mormorò sogghignando: «Sarai morto prima ancora di quanto pensassi.»

I prigionieri da giudicare dovevano essere condotti davanti al prefetto in catene e l'applicazione delle stesse richiedeva del tempo. Bisognava poi contattare un difensore d'ufficio, la cui funzione veniva affidata frequentemente a qualche funzionario addetto alla riscossione delle imposte per conto dei romani.

Roma, che voleva trasmettere e pubblicizzare la propria immagine di maestra di diritto anche in quelle regioni remote dell'impero, pretendeva che il processo avvenisse pubblicamente con una parvenza di legalità. Questo era il motivo per cui veniva richiesta la presenza di un difensore che doveva documentarsi sulle accuse degli imputati prima dell'udienza e parlare in loro difesa. In realtà questo singolare avvocato, più che documentarsi sulle accuse rivolte ai suoi assistiti, note a tutti e ricordate dal carceriere al momento in cui venivano convocati, si limitava a parlare con gli imputati subito prima del processo, per verificare se a loro discolpa, almeno parziale, potessero esser presentati al giudice qualche merito o azione virtuosa portata a compimento durante la loro vita precedente l'arresto.

Barabba che aveva seguito il colloquio fra il centurione e Tenaglia sporse la testa dalla finestrella per guardare sulla piazza e vide che i soldati stavano già erigendo al centro del cortile un baldacchino in legno che aveva il compito di proteggere il prefetto e chi gli stava attorno dal sole spietato del pomeriggio. Al di sotto, all'ombra, su uno scranno ligneo, si sarebbe assiso Pilato durante l'udienza.

Il gruppo di carcerati da giudicare era piuttosto numeroso, ma le catene vennero applicate solo a quelli che sarebbero andati incontro alla pena capitale. Di quelli si sarebbe occupato il prefetto, l'unico cui spettava il diritto di emettere sentenze di morte in tutta la Palestina.

Yosef di Perea, il difensore d'ufficio dei carcerati, un pubblicano arruolato all'ultimo momento, figura nota ai soldati con cui collaborava alla riscossione delle gabelle, si presentò al carcere, che ancora Tenaglia stava mettendo le catene all'ultimo degli imputati, un certo Gestas, accusato di ogni più turpe crimine.

Nella cella di Barabba il gabelliere promosso per l'occasione a difensore di ufficio, vi entrò quando il sole era già alto mentre veniva servita la brodaglia del pranzo. Si informò brevemente sulla accusa rivoltagli e rimase qualche istante a confabulare con lui chiedendogli alcune notizie personali, poi se ne andò.

Alle quattro del pomeriggio fece la comparsa nella piazza interna della fortezza la figura di Pilato. Assiso sullo scranno ligneo e rivestito dalla toga col laticlavio che ne caratterizzava l'appartenenza, rendeva esattamente l'immagine che se ne voleva dare: quella di un'autorità assoluta. Non era possibile scorgere sul volto del prefetto alcun segno riferibile a umana compassione o atteggiamento improntato alla comprensione. Attorno a lui Barabba contò almeno tre centurioni riconoscibili per la galea trasversale anziché longitudinale. Lucio Paolo Emilio fungeva per l'occasione da pubblico accusatore. I due lati della piazza dove non si aprivano porte erano occupati da una fila di legionari in armi.

Guardando quei volti impassibili che parevano scavati nella pietra, a Barabba venne in mente cosa si diceva dei legionari: «Se ti trovi davanti ad una recluta, puoi provare a combatterla, ma se si tratta di un veterano, tiragli addosso quello che ti capita e scappa.»

Di fianco all'ingresso del carcere, su una panca in ceppi stavano gli imputati passibili di pena capitale, mentre quelli accusati di reati minori sostavano in gruppo in un angolo della piazza guardati a vista dai soldati.

Barabba fu il terzo ad essere giudicato. I due prima di lui, un ladro di nome Dismas accusato di omicidio e di furto del tesoro del tempio e un tale di nome Gestas, assassino e stupratore che dichiarava di aver perso la memoria dopo un colpo ricevuto alla testa, vennero sbrigativamente condannati a morte mediante crocefissione.

Quando venne il turno di Barabba, il centurione Lucio Paolo Emilio pronunciò l'accusa informando il prefetto che l'ultimo di una lunga catena di omicidi, di cui era imputato, era stato commesso nei confronti di un rispettabile sadduceo di nome Zedechia che esponeva la Torah all'esterno del tempio ai suoi discepoli. Un omicidio odioso, come ebbe a commentare il centurione, perché effettuato a sangue freddo senza nessun tipo di provocazione da parte della vittima.

Finita l'esposizione, il prefetto fece un cenno al difensore perché parlasse a discolpa dell'imputato.

Il gabelliere sostanzialmente si rimise alla clemenza della corte, dichiarando che l'uomo, prima di diventare un membro della setta degli zeloti era stato un buon cittadino. Il nome stesso che portava ne era una prova.

«Come ti chiami uomo?» chiese il prefetto incuriosito da questa singolare difesa e rivolgendosi direttamente all'imputato.

«Mi chiamo Barabba» rispose quello.

«E cosa significa?» incalzò Pilato sempre più curioso.

«Significa "figlio del padre".»

Il prefetto rimase un attimo pensieroso, poi ruppe in una gran risata: «Anch'io sono figlio di mio padre. Non siamo forse tutti figli di un padre?»

Intervenne il centurione «Forse vuol dire che è figlio di un padre che non conosce. Ovvero che l'identità di suo padre gli è ignota, secondo quanto esprimono i nostri saggi giuristi: *mater semper certa est pater numquam*. Rispondi, zelota, le cose stanno effettivamente così?»

«No» rispose Barabba «il mio nome è l'altra faccia della medaglia. Significa figlio del padre nostro che sta nei cieli.»

«Per il divino Augusto!» esclamò Pilato ridacchiando «allora significa che sei figlio di Giove. Sei forse tu un semidio come lo era il grande Ercole?»

Barabba chinò il capo e rispose: «Il mio nome è Jeoshua detto Barabba.»

«Che sia mandato a morte, mediante crocefissione!» sentenziò il prefetto. Si fece portare un bacile pieno di acqua e sciacquandosi le mani mormorò alcune parole in latino che Barabba non intese.

«Cosa ha detto?» chiese lo zelota rivolto al suo difensore.

«Ha detto che è stata pronunciata una sentenza di morte nei confronti di cittadini non romani che non prevede appello.» rispose questi accingendosi ad abbandonare la scena e il ruolo in cui era stato costretto a calarsi.

Mentre Barabba e gli altri due venivano riaccompagnati all'interno del carcere, furono portati davanti a Pilato gli imputati di reati minori, il cui giudizio venne emesso in forma ancora più sbrigativa.

Per il resto del giorno alla fortezza Antonia regnò la pace.

La mattina del giorno dopo, il prigioniero notò che la guarnigione romana era in gran fermento. Domandatane la ragione al carceriere, ricevette come risposta un grugnito incomprensibile. Fu il legionario in servizio al carcere a informarlo che le guardie del Sinedrio avevano catturato il profeta che si proclamava re dei Giudei e ora volevano portarlo al cospetto dell'autorità romana per farlo mettere a morte.

«Non parlare con questo cane» lo redarguì Tenaglia «lo verrà a sapere quando se lo troverà accanto appeso alla croce.»

«È vero» disse il soldato, che era una recluta, da poco arrivata in Palestina, «non ci avevo pensato, hai proprio ragione» così dicendo i due uscirono dalla visuale di Barabba.

«Tenaglia, Tenaglia» gli gridò dietro quello col viso accostato alla finestrella della porta «devo parlarti torna indietro.»

«Verrò più tardi» rispose quello «quando avrò finito le mie incombenze. Non sono a grattarmi il culo tutto il giorno come voi cani rognosi.»

Effettivamente in città in quel momento regnava un gran fermento.

Era il 14 di Nisan e Gesù, detto il Cristo, era stato fatto prigioniero dalle guardie del Gran Sinedrio la notte precedente con l'accusa di bestemmia, collaborazione col demonio e oltraggio alla Torah. Il tribunale presieduto dal sommo sacerdote Caifa e dai suoi accoliti lo aveva già sottoposto a due processi farsa. Il primo svoltosi, prima della cattura, si era tenuto nell'aula della Pietra Squadrata. Il tribunale a maggioranza aveva stabilito che la pena appropriata per chi avesse commesso i crimini di cui era accusato l'imputato Gesù era la morte. Dopo di che le guardie accompagnate da uno dei discepoli, vendutosi per trenta denari, tale Giuda Iscariota, lo avevano catturato nell'orto del Getsemani dove si trovava in compagnia dei suoi discepoli durante la notte.

Il secondo processo, aperto al pubblico, si era svolto, al cospetto dell'imputato, in un posto chiamato Taverna. Erano stati reclutati falsi testimoni e un pubblico formato per lo più dagli accoliti del Gran Sacerdote.

Gli erano state rivolte le accuse, formulate nei suoi confronti, dal sommo sacerdote Caifa che presiedeva il tribunale assieme al suocero Anna. I testimoni prezzolati avevano sostenuto tutte le imputazioni.

L'esito del processo, ampiamente scontato, era stata la condanna a morte.

Qui erano cominciati i problemi. La pronuncia e l'esecuzione della pena capitale non erano nella possibilità del Sinedrio. L'unica autorità in grado di dar luogo ad una sentenza di morte era quella romana.

Caifa e Anna avevano premura di dar compimento alla condanna. Temevano infatti i discepoli di Gesù e il popolo che lo amava. Avevano paura che scoppiassero disordini e tumulti, per cui non frapposero indugi a trascinarlo davanti a Pilato perché ratificasse e desse compimento alla sentenza da loro emessa.

Di fianco al palazzo di Erode, vicino ad una delle porte della città superiore, su un lastricato di pietre irregolari, il litostrato, sorgeva il Praetorium, la residenza del prefetto quando questo si trovava a Gerusalemme.

Qui venne condotto Gesù dalle guardie del Sinedrio e dalla folla dei prezzolati di Caifa.

A Pilato la sorte di questo profeta itinerante che si proclamava re dei Giudei non interessava per nulla.

Al primo posto delle sue preoccupazioni stava invece la possibilità che la sua morte fosse causa di insurrezioni e tumulti in un territorio la cui stabilità era messa continuamente a prova da quei facinorosi degli Zeloti. Al secondo posto veniva la volontà di non inimicarsi la casta dominante del paese quella dei sacerdoti che controllavano il Gran Sinedrio. Già in passato avevano dato prova di essere degli intriganti delatori contro di lui, rivolgendo istanze al governatore della Siria Pomponio Flacco, grande amico dell'imperatore Tiberio e suo ex compagno di bagordi.

Il terzo posto era occupato dalle ripercussioni negative che le rimostranze del legato di Siria potevano generare sulle decisioni di Tiberio nei confronti della sua persona.

Dopo aver preso un po' di tempo e aver tergiversato, decise che, l'atteggiamento più saggio e prudente, in quelle circostanze, fosse quello di lasciar decidere al popolo la sorte del Nazareno, facendo ricadere sulle sue spalle la responsabilità di quella morte.

Alla folla urlante e scalmanata che si era radunata sotto il Praetorium offrì la scelta di decidere fra due condannati a morte, Cristo detto Gesù che si proclamava figlio di Dio e quel tale Barabba zelota assassino il cui nome curiosamente significava pure figlio del Padre, come gli aveva detto lo stesso interessato il giorno prima. Compiaciuto della propria lungimiranza e perspicacia nel riconoscere il gioco linguistico equivoco, ispirato dai nomi, si affacciò al balcone per esporre la conclusione finale cui era approdato.

"Non per nulla sono il prefetto" pensava orgoglioso di aver escogitato quella soluzione che lo esautorava completamente, a suo avviso, da ogni possibile ricaduta negativa nei suoi confronti.

Nonostante il parere contrario manifestatogli dalla moglie Claudia Procula, che considerava il Nazareno un perfetto innocente, si presentò quindi alla folla in tumulto offrendole l'ultima possibilità.

Il popolo eccitato e sobillato dai sacerdoti, urlò a gran voce di volere la liberazione di Barabba.

Pilato si lavò le mani e decretò che Gesù, detto il Nazareno, fosse crocefisso e che sulla sua croce fosse appeso il cartello I.N.R.I., Iesus Nazarenus

Rex Iudeorum. Anche la forma con questo "titulus" veniva così completamente rispettata.

LA LIBERAZIONE

La scarcerazione di Barabba divenne immediatamente esecutiva.

Quando il carceriere aprì la porta della cella dove era custodito, Barabba, passandogli davanti gli fece un mezzo sorriso, sussurrandogli: «Ricorda la favola di Esopo.»

Tenaglia digrignò i denti emettendo un ringhio furioso represso.

Il centurione che lo prese in carico lo condusse davanti al Praetorium per presentarlo alla folla a confermare la promessa mantenuta fatta dal prefetto. Questa tuttavia si disinteressò ben presto dello zelota preferendo concentrarsi sulla persona del Cristo.

Barabba, poco alla volta si defilò. Non aveva un soldo, ma in compenso aveva fame e sete.

Decise che si sarebbe recato nella grotta condivisa con Tobia prima che lo catturassero. In un anfratto aveva nascosto una borsa piena di monete. Sperava di ritrovarle e utilizzarle.

Partì quindi immediatamente in direzione della valle dell'Hinnom attraversando la porta degli Esseni, quella più vicina al Praetorium. Lungo la strada, passando davanti al palazzo del sommo sacerdote, si tirò il mantello sul capo per rendersi meno visibile.

Dalla porta degli Esseni alla grotta il tragitto era tutto in discesa anche se ripido e scosceso e il percorso era più breve di quello intrapreso quando era stato fatto prigioniero.

Giunto alla grotta in quel momento deserta, si precipitò al nascondiglio dove aveva nascosto la borsa. La ritrovò intatta nello stesso stato in cui l'aveva lasciata. Adesso avrebbe potuto comprarsi del cibo e anche un mantello pulito.

I denari gli sarebbero serviti nei giorni a venire per i progetti che aveva in mente.

Abbandonò nella grotta il vecchio mantello, uno straccio lercio e puzzolente che lo aveva avvolto durante la detenzione, divenuto in quel momento inutile. Il sole già alto sopra la città, il cielo azzurro privo di nubi generavano un calore che andava espandendosi come un'onda d'urto palpabile anche nella valle dell'Hinnom. Decise di non ripercorrere la strada fatta all'andata. Era troppo in salita e a quell'ora la fatica si preannunciava importante. Era ancora a digiuno e non se la sentiva di affrontarla. Si incamminò per il sentiero più lungo quasi pianeggiante che correva a mezza costa in direzione della porta delle Acque, per la quale sarebbe entrato in città. Per recarsi al luogo della crocefissione avrebbe dovuto attraversare tutta la città bassa passando di fianco alla spianata del tempio.

Arrivato in prossimità della splendida costruzione, il vero cuore pulsante di Gerusalemme, si fermò a comprare del formaggio e dei fichi da un venditore ambulante. Si sedette su una pietra a mangiare e a calmare i morsi della fame. Il cibo gli sembrò straordinario. Comprò dallo stesso venditore una ciotola di vino rosso aspro e acidulo e subito si sentì rinascere. Un po' più avanti acquistò anche un mantello che gli serviva per rendersi meno visibile.

Arrivò sul Golgota che il sole aveva già cominciato la sua parabola discendente.

Le croci erano ancora issate e sembrava che l'interesse generale in quel momento fosse modesto. Molti parlavano fra di loro dei propri affari personali che nulla avevano a che fare con lo spettacolo che si proponeva ai loro occhi. Alcuni soldati immediatamente sotto ai crocefissi giocavano a dadi. Ai piedi della croce centrale un gruppo di donne in atteggiamento straziato che si confortavano fra loro.

Ai lati del Cristo si trovavano i due ladroni e assassini che erano stati giudicati insieme a lui nel cortile della fortezza Antonia.

"A voi è andata peggio", pensò Barabba, "potrei esserci anch'io io lì fra di voi. Si nascose il capo e la faccia sotto al mantello e si fece un po' più sotto ai crocefissi. Vide un soldato che issava su una canna una spugna imbevuta d'aceto e la accostava alle labbra di Gesù.

Passò un altro po' di tempo e sentì Gesù emettere un gran lamento e le parole: *Eloi, Eloi, lama sabactani*! Poi spirò. Erano le tre del pomeriggio. Fra la folla che stava intorno si sparse subito la voce che prima di morire aveva invocato Elia.

Barabba pensò che il fraintendere era una condizione propria della natura umana. Secondo la sua esperienza gli equivoci e le interpretazioni personali viziavano qualsiasi giudizio l'uomo fosse in grado di pronunciare.

Si guardò intorno e un po' più sotto fra la folla che si era fatta improvvisamente attenta e pareva attonita, riconobbe Esther. Sembrava in compagnia di altre donne. Barabba le si avvicinò e si fece riconoscere: «Cercavo proprio te, donna. Devo chiederti un favore per cui sono disposto a pagare.»

Esther, riconoscendolo ebbe un sussulto e mormorò «Che ci fai qui? Credevo che fossi uno di quelli appesi lassù. Ho provato a riconoscerti, ma non ci sono riuscita. Sei stato liberato o sei riuscito a fuggire?»

«Vedo che non sei al corrente di quello che è successo, donna.» rispose lo zelota «Il prefetto mi ha concesso la grazia e al mio posto ha mandato a morire Gesù detto il Cristo, colui che è appena spirato. Ho avuto una gran fortuna. Pare che il popolo odiasse talmente questo Gesù da chiedere che morisse sulla croce al posto mio. Ora sono qui e sono libero, nessuno mi può fare più niente. L'ordine è stato emanato da Pilato in persona. Ma tu da quanto sei qui?»

«Da poco» rispose Esther. «Quando sono arrivata, i condannati erano già stati issati sulle croci da un po' di tempo. Sono venuta a tenere compagnia alle mie amiche Sarah e Miriam. Quest'ultima è una seguace di Gesù, mentre l'altra, una prostituta come me, ha accompagnato un suo amico, un certo Simone. Io credo che adesso me ne andrò. Per quanto mi riguarda ho già ascoltato e visto troppa sofferenza e dolore. Ma tu dimmi cosa vuoi da me?»

«Vorrei che ti informassi dove depositeranno il corpo di Gesù. Ho sentito dire che risorgerà dopo il terzo giorno dalla sua morte e vorrei accertarmi che questo non avvenga e sia solamente una delle tante fandonie che si raccontano su di lui.»

«È ovvio che non risusciterà» confermò Esther «nessuno è mai tornato indietro dalla morte. Comunque se aspetti, penso di poterti accontentare subito. Sono convinta che Miriam sa dove verrà sepolto.»

«Ti attendo qui Esther.»

La vide avvicinarsi a due altre donne e confabulare con una di esse.

Dopo qualche istante era di ritorno con l'informazione che gli interessava: «Miriam ha detto che molto probabilmente il corpo verrà deposto nel sepolcro di Giuseppe di Arimatea, un membro del Sinedrio che apprezzava e stimava Gesù e ha cercato fino all'ultimo di opporsi alla decisione di Caifa di mandarlo a morte. La tomba si trova nella parte nord della città appena al di fuori delle mura. La si raggiunge attraverso la porta di Gennath. A proposito anche Miriam è convinta che risusciterà! Anzi ne è assolutamente certa.»

«Lo vedremo, lo vedremo.... Per il momento se vai via, verrò con te. Sai dove posso alloggiare per questa notte? Adesso ho i soldi e posso pagare sia te che l'alloggio senza problemi.»

«Purtroppo non posso tenerti a casa mia» rispose Esther «però puoi dormire alla Taverna dello Zoppo dove io vado a lavorare. Ha qualche letto che affitta alla gente di passaggio, spesso pellegrini che si recano in visita al Tempio. Ti condurrò lì se ti va bene. Spenderai anche poco; non si tratta di un alloggio di lusso, ma penso che dopo il carcere, ti sembrerà perfino confortevole.»

«Dormirai questa notte con me Esther?»

«No, non posso restare tutta notte con te, ho una bambina piccola a casa e devo andare da lei, però potremo cenare insieme e poi ti terrò un po' di compagnia. Adesso dobbiamo andare. Non ci rimane molto tempo di luce ancora; fra poco sarà buio. Dobbiamo attraversare tutta la città e, come tu sai, non è prudente girare per Gerusalemme di notte.»

Scesero dalla modesta collinetta del Golgota e di buon passo si incamminarono verso la città bassa, fiancheggiando la spianata su cui sorgeva lo splendido secondo Tempio costruito più di 500 anni prima sulle rovine del primo Tempio di Salomone, distrutto da Nabucodonosor.

Entrarono nella vecchia città di Gerusalemme risalente al re David e chiamata per questo anche città di David, situata in posizione sottostante rispetto alla spianata del Tempio. Si addentrarono in un dedalo di viuzze e casupole, a volte delle vere e proprie catapecchie, fino ad arrivare alla Taverna dello Zoppo, a ridosso delle mura, quasi incastrata nelle stesse che in quel punto sovrastavano la stretta valle del Cedron.

Era l'ora di cena e i due si accomodarono a uno dei tavoli di legno di cedro, dove lo Zoppo servì loro pesce arrostito e pane azzimo. Seguì un impasto di datteri e pistacchi legati insieme da uno sciroppo di fichi cotti che Barabba trovò portentoso. Anche il vino rosso della Taverna non era niente male.

Dopo la cena i due si coricarono insieme in una piccola alcova situata all'interno di un locale più grande adibito a stanza da notte e chiuso alla vista da una pesante coperta fissata al soffitto.

Al momento di separarsi Barabba le diede alcune monete con la promessa che l'indomani gliene avrebbe date delle altre se lo avesse accompagnato al sepolcro di Giuseppe di Arimatea.

Esther, ben contenta di guadagnare soldi così facilmente, accondiscese immediatamente.

Sdraiato sul suo giaciglio, piacevolmente appagato dalla cena, dal vino, dal morbido corpo di Esther, felice per la morte scampata e l'inattesa libertà riacquistata, scioltosi la cintura e avviluppatosi nel mantello, Barabba rifletteva sulle sequenze temporali delle azioni che si era imposto di intraprendere.

Nel dormiveglia che precede il sonno gli affiorarono alla mente i concetti che riguardavano il tempo, una sua antica ossessione che lo affascinava da sempre. Era certo della sua esistenza, ma non della sua realtà. Il tempo esiste dentro di noi, spesso può venire identificato con la memoria, è una specie di sesto senso che si aggiunge alla vista, all'udito, al gusto, all'olfatto, al tatto; una categoria della nostra mente per venire a contatto con la realtà che ci circonda e per meglio comprenderla. Si alimenta dei sensi tradizionali li comprende tutti e cinque e ne rende possibile la elaborazione. Pur non avendo un'esistenza reale, privo di qualsiasi materialità, in quanto non lo si può toccare e modificare, lo si può tuttavia misurare così come si misurano i monti, i fiumi, i campi... "

I dilemmi, i dubbi, i paradossi non finiscono mai, quando si tratta di considerare l'entità chiamata tempo, fu l'ultimo pensiero che gli attraversò la mente prima di cadere in un sonno profondo.

IL SEPOLCRO

Dormì a lungo e il suo sonoro russare invase tutta la stanza. Si svegliò stropicciandosi gli occhi e osservando il volto sorridente di Esther che lo stava a guardare leggermente china su di lui.

«Hai dormito a lungo e penso anche profondamente, ti dico, però, che è ora di alzarsi. Il sole è già alto nel cielo e noi dobbiamo andare al sepolcro, se ben ricordo.»

«Certamente. Ho dormito come da un po' di tempo non mi riusciva di fare e adesso sono pronto per andare al luogo dove è stato deposto il corpo.» rispose quello mettendosi a sedere sul letto.

«Ti ho portato dei fichi secchi e un po' di noci, se desideri mangiare qualcosa e metterti in forze.»

«Ti ringrazio, mangerò volentieri lungo il cammino.»

Si incamminarono con il sole già alto nel cielo. Un vento caldo spirava da sud recando con sé i fini granelli della sabbia del deserto.

Per arrivare alla porta di Gennath dovevano salire alla città alta, dopo aver attraversato la città di David e la parte bassa di Gerusalemme.

Passando fra il palazzo di Erode il Grande e quello di Erode Antipa, Barabba, allungò il passo.

Poco più avanti c'era il Praetorium dove il giorno prima si era celebrato il processo al Cristo conclusosi con la liberazione e scarcerazione dello zelota.

Un gruppo di legionari sostava davanti all'ingresso e Barabba istintivamente si avvolse nel mantello.

Esther che lo precedeva tenendosi un po' discosta, secondo la consuetudine delle donne ebraiche, si voltò ad osservarlo. Ormai erano in prossimità della porta e fra poco sarebbero usciti dalle mura.

Sapeva che sul varco si trovavano le sentinelle, ma che con ogni probabilità non si sarebbero preoccupati di quelli che uscivano.

Oltrepassata la porta, svogliatamente presidiata da due legionari, Barabba si liberò del mantello. Il caldo era soffocante e davanti a loro si apriva uno stretto sentiero in salita che, secondo le informazioni ricevute il giorno prima, li avrebbe condotti al sepolcro che Giuseppe di

Arimatea aveva messo a disposizione per ospitare il corpo del Cristo.

Arrivati all'altezza di una vasca utilizzata per abbeverare gli animali, la vasca della Torre, si fermarono a bere e a rinfrescarsi, poi ripresero il cammino.

«Quella è la tomba» disse Esther indicando una grande pietra levigata appoggiata su dei massi grezzi. «Vedo dei soldati davanti. Sono le guardie del Tempio le riconosco dai colori nero e bianco degli abiti e dagli scudi rotondi.»

«Me lo aspettavo» rispose Barabba «pensavo, però, di trovare dei legionari e non le guardie del Sinedrio. Non vedo l'apertura, forse è ostruita da quel masso rotondo. Adesso cosa facciamo?»

«Sei tu che me lo devi dire. Non conosco nemmeno lo scopo per cui siamo venuti. Mi hai detto che volevi accertarti che non risorgesse, ma non so come intendi farlo.»

«I suoi discepoli affermano che sarebbe risorto il terzo giorno dopo la morte.» replicò Barabba «La mia idea era di appostarmi in un luogo da cui si potesse tenere sotto controllo il sepolcro, fino a quando il tempo dei tre giorni non fosse trascorso. Dobbiamo quindi trovare una postazione idonea da cui tenere sotto controllo la tomba, anche durante la notte. In fin dei conti si tratta solo di due giorni, dal momento che uno è già trascorso. Ho portato con me del cibo che mi ha dato il taverniere e dell'acqua. Ora non si tratta che di trovare il posto e attendere. Ovviamente mi farebbe piacere che tu restassi con me. Sono disposto a pagarti. Adesso i denari non mi mancano.»

«Non capisco come tu sia così ben informato su questo profeta detto il Nazareno, tuttavia, devo dire, che anche Miriam afferma le stesse cose che hai detto tu e cioè che risorgerà il terzo giorno. Io non lo credo proprio e penso che tu stia sprecando il tuo tempo. Quanto a me certamente non posso restare qui due giorni: ho il mio lavoro e la mia bambina da accudire. Verrò a trovarti quando posso. Più di questo non posso fare. Troviamo allora il posto adatto, poi me ne andrò.»

Mentre si arrampicavano per raggiungere un luogo più elevato da cui tenere sotto controllo il sepolcro inavvertitamente fecero cadere alcune pietre che richiamarono l'attenzione delle guardie.

«Ehi voi due, dove state andando?» urlò il più alto dei due. «Qui non si può stare. Questo territorio è presidiato dalle guardie del Tempio e dai soldati romani per ordine del gran sacerdote Caifa e del prefetto romano. Tornate subito indietro verso di me e fatevi riconoscere altrimenti verrò a prendervi.»

«Scappiamo!» disse Esther «se ci prendono saranno guai. Cerchiamo di raggiungere il sentiero più in basso che va in direzione della Porta dei Pesci. Non credo che ci inseguirà per tutto questo tragitto, abbandonando la sua postazione.»

La guardia che aveva parlato si arrampicò per raggiungerli, mentre l'altro che era rimasto davanti al sepolcro, incoccava una freccia nell'arco, scagliandola nella loro direzione. Il dardo passò alto sopra le loro teste senza neppure sfiorarli.

L'inseguitore che aveva una mole considerevole, sudava e ansimava imprecando. Quando raggiunse il punto in cui si trovavano prima Esther e Barabba, loro se ne erano già andati. Li vide più in basso sul sentiero, ma, sfinito per la fatica della scalata, decise di lasciar perdere. Imbestialito dall'insuccesso, però, prese una pietra di grosse dimensioni e la lanciò in basso verso i due, gridando "maledetti".

Esther che vide arrivare la pietra si chinò con agilità evitandola. Barabba che si trovava in quel momento più in basso e di spalle, venne colpito sulla testa stramazzando a terra.

Mentre Esther gli si avvicinava premurosamente per soccorrerlo, la guardia che aveva lanciato la pietra si sentì chiamare dal suo compagno: «Yaacov, sono arrivati i romani a darci il cambio, torna indietro subito, ci penseranno loro.»

Quello che si chiamava Yaacov, sollevato, non se lo fece ripetere due volte e abbandonò i due al loro destino.

Frattanto Esther cercava di aiutare Barabba a rimettersi in piedi. Sulla nuca la cute era aperta e sanguinava copiosamente. Un grosso bozzo andava formandosi nel punto in cui era stato colpito. L'uomo si trovava in stato di confusione e si passava una mano sulla testa e sugli occhi.

«Ti senti di stare in piedi?» gli chiese Esther «e di camminare. Dobbiamo rientrare in città. Puoi appoggiarti su di me.»

Barabba fece un leggero gesto di assenso e passandole un braccio sulle spalle iniziò a camminare. Per fortuna la strada era in discesa fino alla Porta dei Pesci e poco alla volta il passo di Barabba divenne meno incerto.

In prossimità della porta i due si fermarono. Due legionari la presidiavano. Esther vide che la tunica di Barabba era sporca di sangue in più punti e cercò di nascondere le macchie occultandole sotto il mantello. Poi gli disse, quando fossero stati a portata di voce dei soldati, di lasciare parlare lei.

«Dove andate?» li apostrofò uno dei legionari «quale è il motivo che vi porta in città?»

«Sono fatti privati» rispose quella maliziosamente, ammiccando con gli occhi.

«Attenta a come parli donna.» la redarguì il soldato, ma il compagno proruppe in una gran risata: «Non vedi Lucio che è una puttana che è andata a reclutare un cliente? Di questi tempi c'è una gran concorrenza, non è vero donna?»

Mentre anche l'altro legionario si metteva a ridere, Esther rispose: «Mi arrangio, faccio quello che posso. È vero c'è una gran concorrenza. In questo periodo di festa c'è pieno di straniere in città che la danno via per un piatto di minestra e per andare sul sicuro mi tocca uscire a cercare lavoro.»

«Entrate, tu e il tuo pastore, ma prima di passare, fammi dare una toccatina. Non si può entrare senza pagare!» Così dicendo le mise una mano sul seno tastandola e frugandola. «Ce le hai grosse, donna!»

«Certo e tutta roba buona!» rispose Esther «Se mi vorrai, puoi trovarmi alla Taverna dello Zoppo. Ti farò provare sensazioni che non hai mai neanche immaginato!»

«Lo terrò a mente donna!» rispose il soldato ridacchiando, mentre i due entravano in città dandogli le spalle.

«Ti porterò alla Taverna dello Zoppo.» disse Esther, rivolta a Barabba «Da qui dobbiamo attraversare tutta la città. Te la senti? Una volta arrivati, avrai modo di riposarti e di riprenderti. Dovremo anche medicare quella ferita che hai sulla testa. Ci fermeremo a una vasca per lavarla un po'.»

Dopo che si furono fermati, riposati, detersa la ferita e rifocillati, Barabba si sentì meglio. Affermò che avrebbe potuto ritornare al sepolcro, ma Esther fu irremovibile. Quella notte avrebbe dormito nella taverna. Se il miglioramento si fosse consolidato, il giorno dopo avrebbero potuto andare nuovamente alla tomba. Il tempo c'era. Secondo la profezia, se ci fosse stata la resurrezione, questa sarebbe avvenuta il 18 di Nisan, quindi avevano ancora un po' di tempo davanti. Tempo che Barabba doveva impiegare per curarsi e rimettersi.

Il bozzo sulla testa nel frattempo aveva raggiunto le dimensioni di un grosso arancio.

Quando arrivarono alla taverna dello Zoppo era quasi sera. Per la strada infatti Barabba aveva fatto alcune soste per riposare. Lamentava un forte mal di testa e in due occasioni si era dovuto fermare per vomitare il cibo ingerito. Vedeva girare le case davanti agli occhi e stentava a stare in piedi.

Quando Esther lo fece coricare sul suo giaciglio, era preda di una forte sonnolenza e il suo eloquio era diventato un balbettio confuso e incomprensibile. Ricorrevano in questo suo farfugliare parole strane non intellegibili.

Esther più volte lo sentì pronunciare parole il cui senso le era ignoto: *stone...re...moved* ...Pensò che invocasse il re Erode e giudicò che il colpo ricevuto doveva essere stato più forte di quello che fosse sembrato e che l'uomo stesse delirando.

Alla fine Barabba si addormentò. Cadde in un sonno profondo caratterizzato da un respiro rumoroso e gorgogliante.

Esther gli accarezzò la testa lisciandogli i capelli. Poi chiamò il taverniere e gli disse che il suo amico stava dormendo e di lasciarlo tranquillo e di passare a dargli un'occhiata ogni tanto. Dopo avergli fatto sapere che lei sarebbe tornata l'indomani mattina di buon'ora, abbandonò la taverna prima che fosse buio.

UNA CONTROVERSIA

Erano le sette di mattina quando Esther si presentò alla porta della taverna che naturalmente trovò chiusa.

Dopo che ebbe bussato più volte, si affacciò alla finestra la faccia stravolta dello Zoppo.

«Sei matta, donna!» la redarguì con fare minaccioso. «Non vedi che il sole è appena spuntato? Vattene subito o ti tiro addosso la mia piscia.»

«Figlio di puttana» rispose quella «Vieni subito ad aprire. Voglio vedere come sta il mio amico.»

«Il tuo amico sta benissimo, ha russato tutta notta che sembrava un mantice e starà ancora russando. Adesso vattene!»

«Non me ne andrò e continuerò a bussare finché non mi avrai aperto. Ti conviene farlo subito, dopo potrai tornare a dormire e a scoreggiare nel tuo letto.»

Lo Zoppo che sapeva quanto Esther potesse essere ostinata, decise di accontentarla. Scese al piano terreno, aprì la porta e maledicendola per la sua testardaggine, ritornò a letto, mentre Esther si avviava verso gli alloggi siti al pianterreno.

Quando Esther entrò nella stanza di Barabba, l'uomo era morto dal almeno due ore. Il suo corpo già andava raffreddandosi. Mentre la donna cercava di scuoterlo per provocarne una reazione, notò le chiazze di colore vinoso alla nuca e posteriormente sul dorso. Capì immediatamente che non c'era più nulla da fare e si mise a chiamare a gran voce il taverniere.

Lo zoppo che ancora non si era riaddormentato scese le scale e la raggiunse.

«Che hai da urlare donna?» disse stropicciandosi gli occhi.

«Figlio di puttana, ti avevo chiesto di dargli un'occhiata e adesso, dopo avermi detto che stava benissimo e che ha russato tutta la notte, lo trovo morto!»

Fattosi improvvisamente attento lo zoppo si avvicinò. Lo guardò, provò a scuoterlo e vista la mancanza di reazione, gli mise un orecchio sul petto.

Scrollando la testa emise un fischio di stupore e poi disse: «Pare proprio che se ne sia andato, ma certamente non per colpa mia. Adesso chi mi pagherà la stanza?»

«Sei veramente un miserabile figlio di puttana» insistette Esther. «Questo è morto e tu ti preoccupi per due miserabili soldi.»

L'uomo si strinse nelle spalle e commentò sarcasticamente: "Se sono un figlio di puttana, sono figlio tuo. Cosa vuoi da me? Non lo conoscevo proprio, non sapevo nemmeno chi fosse e poi non è certo il primo che muore in questa locanda. Adesso dobbiamo pensare a come liberarci del cadavere. A meno che tu non abbia un'idea migliore, propongo di scaraventarlo giù nel Cedron. Sotto questa casa le rive della valle dove scorre sono molto alte e scoscese, probabilmente non lo troverà mai nessuno.»

Esther si avvicinò nuovamente al cadavere, gli mise una mano sulla testa e accarezzandogli i capelli disse: «Mi dispiace amico, mi ero un po' affezionata a te, ma credo che dovremo fare come dice questo figlio di puttana. Non siamo in grado né io né lui di dare spiegazioni convincenti su di te e sulla tua morte. Mi vedo costretta, pur di malavoglia, a darti la sepoltura che ha proposto lo sciancato. Spero mi perdonerai, ma non ho una scelta migliore.» Così detto mise le mani sul cadavere perquisendolo e trovando immediatamente la sacchetta di pelle piena di monete. Ne estrasse qualcuna e la diede al taverniere: «Queste sono per la stanza e per far sparire il corpo.»

«E le altre?» chiese subito l'uomo, fattosi improvvisamente attento e avido.

«Le altre le terrò io.»

«Nemmeno per sogno» ribatté quello minacciosamente. «Non lascerai questa stanza se non me ne darai almeno la metà. Se non lo farai andrò alla guarnigione romana e dirò che l'hai ucciso tu. Ho degli amici là e crederanno a quello che gli dirò. Giurerò che gli hai dato un colpo in testa con un bastone. Il bozzo sulla testa ce l'ha.»

Esther fece un balzo e si portò con agilità sulla porta e replicò: «Li ho visti i tuoi amici sciancato. Sarò io a denunciarti al centurione, dicendo che lo hai ucciso tu colpendolo alla testa per portargli via i denari e che io ti ho sorpreso nell'atto di sottrarglieli. Vedremo a chi crederà il romano, quello che tre giorni fa ha arrestato quel piccolo zelota qui nella tua locanda. Se io adesso mi metterò a correre, tu non mi prenderai mai con quella gamba matta che ti ritrovi e io sarò al cospetto del centurione prima che tu sia uscito da questa topaia.»

«Maledetta puttana! Che tu sia dannata!» rispose lo zoppo roteando gli occhi forsennatamente.

«Ho da proporti un patto» continuò Esther «proprio, perché sono di buon cuore e non voglio farti del male e anche perché ho intenzione di continuare a frequentare la tua locanda. Se ti darai da fare per sbarazzarti del corpo, cosa che è assolutamente nel tuo interesse, ti darò altre 5 monete. Questa è la mia ultima offerta. Prendere o lasciare. Sappi che se non accetti andrò immediatamente dal centurione a raccontare la mia versione dei fatti e gli consegnerò tutto il denaro. Deciditi!»

«Va bene maledetta, faremo come dici tu, ma dammi le altre 5 monete.»

«Te le lascio qui sul bancone.» rispose quella guadagnando l'uscita dalla taverna e andandosene.

UN OGGETTO SINGOLARE

Dispiaciuta per la morte di Barabba, ma ritenendo di aver fatto tutto il possibile, Esther ritornò a casa.

Non appena si sentì al sicuro e da sola, allentò i lacci della sacchetta e si mise a contare le monete, disponendole sul tavolo. C'erano 25 monete. 24 di queste erano sicli d'argento, mentre una era una piccola moneta che la donna non aveva mai visto. Rispetto alle altre era molto più regolare con una scritta sulla parte alta sopra a un profilo di uomo molto dettagliato. Esther non conosceva quella moneta e giudicò fosse romana, forse un sesterzio riportante l'effige dell'imperatore, di cui aveva sentito parlare, ma di cui non aveva un'esperienza diretta. La scritta era pure incomprensibile. Si rallegrò: 24 sicli d'argento erano una fortuna. Erano accettati sia dai romani che dai cambiavalute del Tempio. Per un po' avrebbe potuto vivere di rendita senza essere costretta a prostituirsi. Con quella cifra, in alternativa, avrebbe potuto comprarsi una piccola bottega e il necessario per diventare una tessitrice e cambiare così la propria vita. Sapeva cucire e con spola e navetta se la cavava piuttosto bene. Poteva perfino immaginarsi di avere altre donne alle sue dipendenze e quindi di assicurarsi un futuro per la vecchiaia, cosa che la sua professione attuale non le consentiva. Da lì a qualche anno nessuno l'avrebbe più cercata e di conseguenza sarebbe stata costretta a mendicare per sopravvivere e dar da mangiare a sua figlia.

Guardò ancora la strana moneta che pareva perfetta tanto era regolare e decise che la avrebbe mostrata a qualcuno più competente di lei. I cambiavalute del tempio che maneggiavano tantissimi soldi di genti diverse l'avrebbero senz'altro riconosciuta.

Con questa intenzione ripose le 24 monete in un nascondiglio noto solo a lei e mise quella strana in una sacchetta che portava legata in vita.

Quindi se ne uscì di casa e di buon passo si diresse alla volta del Tempio. La mattina era già inoltrata e i cambiavalute dovevano già aver preso posizione dietro ai loro banchetti. Conosceva un vecchio mercante che da anni esponeva la propria mercanzia sotto il portico esterno e assieme agli oli, gli unguenti, le seti pregiate e le stoffe colorate aveva anche una piccola postazione dove pesava e cambiava le monete.

Appena entrata dalla porta delle Pecore si diresse a destra dove sapeva che il vecchio Ephraim era solito trattare i suoi affari nell'ombra del portico.

Lo trovò che discuteva animatamente con il tirapiedi di un sacerdote. Attese nell'ombra un po' discosta che la discussione terminasse e che l'interlocutore se ne fosse andato.

«Salute e prosperità a te, saggio Ephraim» con queste parole Esther si rivolse all'anziano mercante.

Il cambiavalute la guardò fissamente e rispose: «Cosa vuoi donna? Sai che non è bene per me farmi vedere in tua compagnia in pieno giorno. Sono anziano, ma le malelingue, come quella che se ne è appena andata sono sempre pronte in agguato a malignare e a gettare discredito sulla mia attività.»

«Ho un piacere da chiederti Ephraim.» continuò Esther. «Non ti porterà via che pochissimo tempo. So che sei una persona molto impegnata, rispettata sia dagli ebrei che dai romani per la tua saggezza e vasta conoscenza. Ti chiedo la cortesia di guardare una moneta che ho ricevuto e che non conosco. Vorrei sapere a che gente appartiene e che valore abbia.»

Stimolato nella sua vanità dal richiamo specifico alle proprie competenze, il vecchio tese la mano e Esther vi fece scivolare la strana moneta.

Il cambia valute la guardò a lungo. La rigirò più volte, mentre la sua espressione si faceva sempre più incerta e dubbiosa.

«Chi te l'ha data?» chiese, quando l'esame fu terminato.

«Un mio amico che adesso non è più con noi. Me l'ha lasciata prima di morire con alcuni sicli d'argento.»

«Sarà stato un tuo cliente.» rispose Ephraim «più che un tuo amico.»

«No era un amico. Anche se ti è difficile crederlo, anche le prostitute possono avere degli amici.»

«Non ho mai visto questa moneta e non so a chi appartenga. Dalla cura e precisione con cui è realizzata, tenderei a credere che sia una moneta romana. L'effige potrebbe essere quella dell'imperatore anche se non gli somiglia. Come tu sai questi ritratti sulle monete spesso sono idealizzati. C'è una scritta su una faccia che tuttavia non capisco cosa significhi. Conosco la lingua latina, ma non riesco a decifrarla, mi pare addirittura che ci sia una lettera strana che non ha riscontro in quella lingua e neppure in altre che conosco. Sembra due v in parte sovrapposte. Magari non è neppure una lettera, ma un simbolo. Ce ne sono talmente tanti che conoscerli tutti è impossibile. Comunque questa moneta è sicuramente straniera e come tale non può essere ammessa nel Tempio. Se vuoi liberartene te la compro per due lepton.»

«No grazie, la terrò a ricordo del mio amico che non c'è più.» rispose Esther.

Si riprese la moneta e se ne andò. Aveva in animo di recarsi dal centurione che aveva incontrato nella taverna dello zoppo e di sottoporla alla sua attenzione. La curiosità nei confronti di quel piccolo oggetto era infatti così forte da dominare in quel momento tutti gli altri pensieri.

Davanti alla fortezza Antonia sostava un carro da cui alcuni soldati stavano scaricando delle vettovaglie.

Esther sapeva che i romani non si curavano del fatto che lei fosse una prostituta e che non avevano nessuna remora a farsi vedere in sua compagnia.

Si rivolse pertanto a un legionario che in quel momento impartiva ordini ai suoi commilitoni, chiedendogli dove potesse trovare il centurione Lucio Paolo Emilio.

«Il centurione non ha tempo da perdere con una come te!» sghignazzò il soldato. «Io sostituisco io, vieni più tardi che avrò un po' di tempo da dedicarti» continuò tastandole le mammelle.

«Legionario!» rispose sfrontatamente Esther «non so che farmene di te. Sono un'amica del centurione e devo parlare con lui di una questione importante.»

Di fronte a tanta decisione, consapevole che col centurione non ci si poteva permettere di scherzare, il soldato esitò, poi, indicando un corridoio sormontato da una volta disse: «Prendi per di là, alla fine del corridoio c'è una stanza di guardia sulla destra, lì lo troverai. Non sai comunque cosa ti perdi...»

La donna affrettò il passo nella direzione indicatale.

Lucio Paolo Emilio stava indossando la lorica e sistemandosi le falere davanti al petto, quando la vide.

«Cosa ci fai qui? Chi ti ha fatto entrare?»

«Un soldato mi ha indicato dove ti trovavi centurione. Non conosco il suo nome. Per poterti parlare ho detto di essere tua amica. Ti prego di non scacciarmi. Devo farti vedere una cosa e farti una domanda che ti prenderà pochissimo tempo.»

«Parla!» disse il militare che nel frattempo si era ricordato di lei. «Sei sfrontata come tutte quelle della tua categoria, ma ricordo ciò che hai detto del centurione mio grande amico e compagno Marco Vinicio, pertanto ti ascolterò.»

Esther mise la mano dove teneva la saccoccia e porse al romano la singolare moneta. «Mi sai dire se è vostra, centurione, e cosa significa quella scritta? È il profilo del vostro imperatore quello effigiato su una delle due facce?»

Il romano la rigirò più volte nella mano, avvicinandola agli occhi con un'espressione incuriosita e perplessa.

«Non ho mai visto una moneta del genere, ma direi che si tratta di una moneta romana. Una delle scritte è certamente latina *e pluribus unum* la leggo facilmente e la capisco: tradotta nella tua lingua significa "da molti solamente uno", ma quello che c'è sul rovescio non so cosa significhi. È un po' di tempo che manco da Roma, forse l'imperatore ha fatto coniare nuove monete che non ho mai visto, ma la scritta che leggo "in God we trust" mi è totalmente oscura.»

EPILOGO: UN PO' DI TEMPO DOPO

Nell'ampia sala circolare, attorno alla tavola di cristallo perfettamente rotonda, dove i dieci erano riuniti, si levò a parlare il presidente pro - tempore, definito, secondo la formula arcaica tuttora in vigore, *primus inter pares*. La sua dignità intellettuale era considerata alla stregua di quella degli altri componenti del Consiglio. L'unica prerogativa era quella di esprimersi per primo.

«Gentili colleghi esordì» mentre la sua voce modulata si diffondeva nell'ambiente «lo studio condotto sui viaggi nel passato, unica possibilità che la scienza ci ha permesso di effettuare, sembra essersi concluso con un pieno insuccesso. Nessuno dei crononauti, come ben voi sapete, è riuscito o ha voluto rientrare. Nonostante questo abbiamo la prova che i viaggi hanno avuto l'esito atteso. L'unica crononave rientrata, priva del suo occupante, recava un messaggio che è diventato il motto della nostra fondazione, nonché un monito a sospendere i viaggi temporali. In seguito a questi eventi, i viaggi sono stati definitivamente interrotti. Tuttavia il crono-ingegnere che aveva presenziato al recupero della crononave, il dott.Paul Sheldon, recentemente è scomparso assieme a un prototipo dei veicoli temporali che era conservato a scopo celebrativo all'interno dei nostri laboratori e mai utilizzato, perché non provvisto della tecnologia necessaria al rientro.

In conseguenza di questi eventi, si è fatto strada il sospetto, parzialmente condiviso anche all'interno di alcuni membri del nostro consiglio, che la scritta trovata a bordo dell'unica crononave rientrata fosse un falso architettato dal dott. Paul Sheldon.

Fatta questa premessa, che purtroppo lascia aperta una questione attualmente non risolvibile e di non secondaria importanza, resta il fatto che nessuno dei crononauti è rientrato e che, come abbiamo avuto modo di constatare noi stessi, non si è verificato alcun cambiamento nella sequenza degli eventi temporali della storia dell'umanità.

Cosa significa tutto questo, dal momento che la sola presenza, anche quella più insignificante e che si astenga volutamente da interferenze significative nei confronti degli avvenimenti del passato, non è conciliabile con l'assenza di mutamenti nel continuum temporale secondo l'equazione di Schrödinger applicata al tempo.

L'analisi da noi condotta è approdata all' evidenza che esistono due aspetti fondamentali della entità definita Tempo.

Il primo è il tempo che gli antichi Greci definivano Chronos, il tempo fisico-matematico, il cosiddetto tempo quantitativo misurabile e quantizzabile con gli strumenti che abbiamo a disposizione. Si può dire che questo tempo procede secondo una linea retta che riconosce un passato, un presente e un futuro. Questa idea di tempo potrebbe coincidere con lo spazio-tempo di Einstein e con il tempo spazializzato di Bergson e Sant' Agostino.

Il secondo è il tempo qualitativo ovvero come lo definivano i Greci: Kairos.

Questa concezione è quella che, apparentemente, riguarda l'uomo e la sua storia, in quanto corrisponde alla percezione che egli ha del tempo, intesa come mutazione, cambiamento e divenire.

In questa concezione rientrerebbe la teoria circolare del tempo, tendente a riproporre eventi simili nel corso della storia come sosteneva Giovanni Battista Vico. Secondo la teoria dell'apocatastasi, ovvero reintegrazione, ritorno alle origini, così diffusa nelle filosofie orientali del Buddismo, e dell'Induismo, si inserisce anche una modifica di questa teoria nel senso di un andamento a spirale del tempo che forse potrebbe allinearsi con la curvatura dello-spaziotempo secondo la relatività generale di Einstein.

In ogni modo, voglio sottolineare che questa teoria dell'andamento non rettilineo del tempo, trova riscontri anche nel concetto di correlazione quantica, dove due o più sistemi fisici sono sottoinsiemi di un sistema più ampio il cui stato quantico non è descrivibile.

Alla luce di questo concetto della correlazione quantica, a distanza, non locale, della realtà fisica, contenuta nella teoria del così detto "entanglement", la celebrazione religiosa dei misteri orfici, non sarebbe più destituita di significato. Se l'antimateria sta alla correlazione quantica come, la lettura delle viscere degli animali, i segni astrologici e le foglie mosse dal vento dell'antro della Sibilla, stanno alla capacità di prevedere l'andamento degli eventi, il cerchio si chiude.

Abbiamo allora capito la ragione per cui la presenza dei crononauti nel passato non ha comportato nessun mutamento del presente?»

Nel silenzio generale si accese la luce rossa di fronte alla postazione di Isa-Ra-Mov. Dopo che la luce divenne verde, la sua voce squillante iniziò: «Conoscevo molto bene Paul Sheldon, uno scienziato di altissimo livello, animato da un infrenabile desiderio di conoscenza. Sono assolutamente certo che questa sia stata la forza che lo ha spinto a prendere il prototipo e ad avventurarsi nelle pieghe del tempo, così come sono sicura dell'assenza di volontà di produrre danni nel crono-continuum. Ricordo il suo rammarico, che rasentò la depressione quando l'ordinanza del Rettore Dello Spirito Universale (tutti i presenti chinarono la testa), non lo annoverò nella rosa dei crononauti. Quello di cui non sono certa è la spiegazione fornitaci dal nostro presidente.

Se ho ben capito l'illustre oratore che mi ha preceduto è giunto alla conclusione che l'assenza di mutamenti nel nostro presente in seguito alla partenza di tre crononauti e al rientro di una sola delle crononavi senza il suo pilota, sia dovuto al fatto che nel passato, queste interferenze erano già presenti e quindi in qualche modo previste anche se non era nota la loro origine, cioè in quello che per i nostri antenati era il loro futuro? Ho inteso bene illustre presidente?»

Dopo che il primus inter pares ebbe avuto via libera a parlare, la sua risposta risultò di piena condivisione.

Si accese la luce davanti a Brian Am Tovel, responsabile del settore Paradossi Temporali. Stava seduto di fronte al Presidente e non si poteva certo dire che alimentasse qualsiasi forma di sudditanza nei suoi confronti.

«Non è stata presa in considerazione un'ipotesi diversa da quella elencata.» dichiarò con enfasi. «Chi infatti può negare che l'intrusione temporale non abbia dato origine a universi paralleli di cui non abbiamo consapevolezza. Conosciamo la teoria delle bolle temporali e delle super stringhe e dell'infinita varietà di universi che potrebbero coesistere in linee dimensionali diverse.»

«Si, ma la teoria delle stringhe in meccanica quantistica è stata ipotizzata mediante calcoli matematici perturbativi!» esclamò Lana Carter, una delle due fisiche teoriche del progetto "Curvatura dello Spazio-Tempo". Se continuiamo su questa linea finiremo nella filosofia che, come ognuno di noi sa, risulta dannosa per la fisica teorica. Inoltre la teoria delle bolle temporali e delle super stringhe portata alle sue estreme conseguenze, finisce per dar esito a soluzioni così complicate e ridondanti, come quella del Multiverso, destinate a soccombere di fronte al rasoio di Occam. Ricorderete tutti la fine di Giordano Bruno che teorizzava l'eventualità di infiniti universi! Questo tanto per rimanere nell'ambito filosofico.»

«Non è certo stato bruciato per quella teoria!» ribatté come punta da una vespa Kie -Hito, l'altra fisica teorica del progetto.

«Anche per quella, fidati!» replicò la collega.

Chiese la parola Karel Noa il tecnico delle super particelle. «Mi pare alla fine che una sola conclusione si possa tirare. Purtroppo in modo molto chiaro e semplice. Si può affermare, con una certezza che prevede minime o nulle approssimazioni, che per quanto riguarda i risultati attesi dai viaggi nel tempo, questi sono stati pari a zero. Non abbiamo saputo nulla di più di quanto sapevamo prima. Forse questa è la vera e unica ragione per cui il Rettore dello Spirito Universale ne ha decretato la sospensione.» Tutti i presenti chinarono il capo sentendo nominare il Rettore dello Spirito Universale.

«L'assenza di risultati è di per sé stessa un risultato» chiosò Hellen Driscoll, la scienziata-filosofa rappresentante all'interno del Consiglio il Rettore Dello Spirito Universale, colei che deteneva i finanziamenti del progetto e allentava o chiudeva i cordoni della borsa.

«Il presente, quella parte di tempo che stiamo vivendo in questo momento, non può essere modificato, come il nostro Illuminato Rettore (nuovo inchino del capo dei presenti) aveva supposto fin dall'inizio. I finanziamenti che ha elargito a questo progetto sono stati concessi nell'assoluta certezza che il progetto stesso si sarebbe dimostrato un fallimento. La convinzione che lo Spirito Universale si collochi nell'Eternità, una condizione atemporale, priva di mutamento, impossibile da misurare, refrattaria a qualsiasi dimostrazione da parte della scienza umana, ha trovato piena, incontrovertibile, inoppugnabile evidenza. Il Rettore è orgoglioso di voi, del lavoro svolto, delle energie e delle conoscenze immesse nel progetto ed è anche possibile che vi incontri,

in un prossimo futuro, per esprimervi, di persona,

la sua gratitudine.»

POSTFAZIONE

RIFLESSIONI SUL TEMPO E LE SUE TEORIE

Questo libro è stato ispirato dalla suggestione letteraria di "Who Moved The Stone?" un romanzo storico di Frank Morrison, pseudonimo dello scrittore inglese Albert Henry Ross (1881-1950).

Se potessimo conoscere "Chi Ha Rimosso La Pietra" che chiudeva il sepolcro di Gesù, avremmo a disposizione molte più certezze sulla storia della sua vita terrena. Molte ombre e dubbi verrebbero cancellati, oppure osservati sotto una luce diversa, o, ancora, in stretta dipendenza dalle diverse convinzioni, potrebbero, al contrario, risultarne rafforzati e confermati.

Sulla base di questa premessa si può affermare che il *leitmotiv* di questo romanzo è il Tempo. Il Tempo è una categoria della coscienza che vive attraverso la memoria ponendo in sequenza avvenimenti del passato percepiti come una serie ininterrotta di cambiamenti e proiettandoli nel presente o in un futuro immaginato. Questa è una definizione puramente biologica del tempo inteso come una infinita serie, di momenti irripetibili e immisurabili. Secondo questa concezione il tempo non esisterebbe in assenza di un essere pensante in grado di possedere una memoria cosciente: Il Tempo procederebbe in linea retta dal passato attraverso il presente verso il futuro. Paradossalmente si potrebbe affermare che soggetti che hanno perso definitivamente la memoria vivrebbero in una dimensione atemporale. Questo tempo che potremmo definire Tempo Biologico corrisponde al tempo qualitativo che i Greci antichi chiamavano Kairos.

In alternativa, a questa teoria, ma non necessariamente in contrapposizione con essa, esiste la concezione del Tempo che ne dà la fisica teorica. Il Tempo, per essere riconosciuto e utilizzato come variabile, deve venire quantizzato ovvero misurato. Questa valutazione necessita di grandezze fisiche come la materia o lo spazio. Sulla Terra misuriamo il tempo in funzione del movimento del pianeta nei confronti del sole. Il tempo anche in questo caso è percepibile, misurabile, quantizzabile esclusivamente in funzione di un processo di cambiamento, di metamorfosi dello spazio o della materia. I fisici teorici per lo più negano l'esistenza del tempo come entità a sé stante e la legano indissolubilmente al concetto di spazio. Gli antichi greci chiamavano questo tempo misurabile col termine di Chronos.

Bergson in tempi più moderni parlava del Tempo spazializzato o Tempo della scienza che sta appunto alla base di questa teoria della fisica moderna.

L'interpretazione del tempo quindi nelle sue varie accezioni, da sempre si muove fra il tempo qualitativo legato all'esperienza individuale e collettiva dell'uomo, basato su modelli perenni e atemporali, Kairos, e quello della scienza misurabile e quantizzabile, impersonato da Chronos.

La più bella rappresentazione pittorica del tempo che io conosca è quella di Giovanni Francesco Romanelli detto il Raffaellino (XVII secolo): "*Padre Tempo*". Nel quadro del pittore viterbese Chronos impugna la falce con la destra e trascina il figlio neonato per un piede con l'altra. Il fluire del tempo, il suo divenire da un passato verso il futuro è ben rappresentato dalla fisicità in movimento del titano che si sposta con le sue grandi ali. Lo scuro mantello e lo stralunato infante afferrato per un piede sono il passato, mentre il futuro rappresentato dal cielo azzurro è posto al davanti della figura del dio. Molto prima dei fisici teorici che si pongono il problema della esistenza o meno del tempo indipendentemente dallo spazio, il pittore viterbese ebbe fortissima l'intuizione del tempo inteso come metamorfosi.

La metamorfosi risulta in modo molto evidente anche nel mito rappresentato sulla tela. Chronos divorava i figli avuti da Rea perché una profezia gli aveva predetto che uno di loro l'avrebbe spodestato. Quando la moglie Rea partorì Zeus, al posto del figlio, diede al marito una pietra avvolta in fasce che il Titano ingoiò senza accorgersene. Zeus adulto spodestò il padre e visse nell'eternità (fuori dal tempo). I concetti guida su questa variabile ci sono già tutti, posti nella corretta successione, nel quadro di Francesco Romanelli.

In contrapposizione con la teoria lineare del tempo si pone quella circolare di Giovanni Battista Vico e Nietzsche che si adatta soprattutto alla versione definita come qualitativa (Tempo biologico).

Il Tempo, strettamente legato alla storia individuale e collettiva dell'uomo, è fondato su modelli perenni e atemporali tendenti a riproporsi nella storia. Anche Sant' Agostino crede in una struttura circolare del tempo biologico che conduce a un'eterna ripetizione degli eventi. Qualsiasi tentativo di modificare il presente, intervenendo sul passato è destinato a fallire, perché nel passato sono già contenute quelle azioni di cambiamento che hanno portato all'attuale presente.

Questa è appunto la teoria su cui è costruita la vicenda di questo romanzo che vive di suggestioni letterarie e di teorie epistemologiche.

Alessandro Grignaffini

Finito di stampare

nel mese di settembre 2022